tredition®

AF177414

Katrin Benedict wurde 1964 in Magdeburg geboren. Sie arbeitet als Richterin in Zerbst und lebt mit ihrem Lebensgefährten, Dackelin Ronja und einer Vielzahl von Katzen im Dorf Grimme. Dies ist ihr erstes Buch.

Wolf Bertram Becker ist ebenfalls Jahrgang 1964. Er lebt und arbeitet als freischaffender Künstler in Weimar. Er ist Vater von vier Söhnen.

Katrin Benedict

Von Maus, Hund und Honigbär

Sieben Kurzgeschichten mit
Zeichnungen von Wolf-Bertram Becker

www.tredition.de

© 2017 Katrin Benedict

Verlag: tredition GmbH, Hamburg

ISBN
Paperback: 978-3-7345-9976-7
Hardcover: 978-3-7345-9977-4
e-Book: 978-3-7345-9978-1

Printed in Germany

Inhaltsverzeichnis

Die Maus

An seinem ersten Morgen als Pensionär sah Gunther die Maus.

Gunther bestand auf der Verwendung des Wortes Pensionär, da dieses Wort seinen Ruhestand als ehemaliger Präsident des Finanzgerichtes exakt bezeichnete, so wie er stets auf den genauen Gebrauch von Grammatik und Sprache, wozu natürlich auch die richtige Aussprache gehörte, Wert legte. Dieses nach Vollkommenheit strebende Bemühen spiegelte sich in Gunthers Liebe zu Büchern wieder, von denen jährlich mindestens einhundert, wenn nicht mehr, Neuerwerbungen den Weg in sein Haus fanden.

Die Maus war grau-braun, so groß wie ein Kienzapfen und saß natürlich ausgerechnet im Bücherregal zwischen einer Taschenbuchausgabe eines Agatha-Christie-Romans und der drei-bändigen Ausgabe des Schauspielalmanachs. Ein Laut zwischen ungläubigem Staunen und gerechtem Zorn entrang sich ob der Entdeckung Gunthers Kehle. Das war doch wieder mal typisch; drei Katzen und ein Hund lebten mehr oder minder ständig in der Wohnung, haarten die Teppiche und Sachen voll, bellten oder miauten zum unpassenden Zeitpunkt und verlangten ständig Futter oder Zuwendung oder beides. Und nicht einmal eine Maus konnten sie vertreiben.

Die Regalwand mit den annähernd dreitausend Büchern war Gunthers ganzer Stolz. Er hatte die Regale selbst aufgebaut und die Bücher mehrfach, selbstverständlich alphabetisch, ein- und umgeordnet. Wenn er sie betrachtete, hatte er den Eindruck, das Wesentliche des Lebens geordnet und somit verstanden zu haben. Die Fülle menschlichen Wissens und menschlicher Gedanken war in einem geraden sicheren Konstrukt geborgen und stand ihm für den Rest seines Lebens zur Verfügung.

Und nun dies! Ärgerlich riss Gunther die Terrassentür auf und begann nach den Katzen zu suchen. Wer nicht arbeitete, sollte auch nicht essen oder faulenzen. Zwei der Katzen, die wegen gelegentlicher emotionaler Ausbrüche des Hausherrn den aktuellen Stimmungsumschwung sofort erfassten, flohen sofort durch die geöffnete Tür. Schöpfi, die neurotische Dritte, verzog sich hinter die Waschmaschine. Mehrere Flüche ausstoßend lief Gunther zurück zum Bücherregal. Die Maus war natürlich weg. An den geplanten Tagesablauf – abwaschen, Zeitung lesen, den Hund ausführen – war nun natürlich nicht mehr zu denken. Zuerst musste dieser widerliche Eindringling beseitigt werden. Gunther war sicher; nur die übertriebene Tierliebe seiner Frau war an dem Erscheinen der Maus schuld. Ständig wurden die echten – und eingebildeten – Bedürfnisse der Tiere in den Mittelpunkt gestellt. Es gab zwei Vogelhäuser, drei verschiedene Futterplätze für Katzen, was diese jedoch nicht hinderte, zwischen Töpfen und Geschirr auf Beutezug zu gehen, und zahllose Hunde- und Katzenkissen, auf denen kaum jemand lag. Dafür waren das ehelichen Bett und überhaupt das Schlafzimmer ein bei allen Vierbeinern beliebter Schlafplatz. Erst nach drei Jahren der Gemeinsamkeit hatte er sich hinsichtlich des nächtlichen Verbleibs des Dackels im Bett durchgesetzt. Hungernde Streuner wurden als neuer Zuwachs stets willkommen geheißen und selbstverständlich gefüttert oder, wenn es Not tat, zum Tierarzt gefahren. Was da im Jahr für Kosten zusammen kamen. Die Katzen wurden immer fetter und fauler. Und was hatte man von alldem? Eine Maus im Bücherregal.

Gunther lauschte; kratzte es nicht hinter der Abteilung ungelesener Bücher? Oder kam das Geräusch von der Gesamtausgabe der Werke von Stendhal? Nicht auszudenken, dass die Maus eins der Bücher benagte oder sich dort ein Nest einrichtete. Vorsichtig räumte er ein paar Neuerwerbungen beiseite. Nichts zu sehen. Wahrscheinlich lebte die Maus schon wochenlang dort und hatte sich längst Fluchtwege gesichert. Da gab es nur eins, eine Falle musste her. Und das möglichst, bevor die Frau nach Hause kam und wegen des ach so niedlichen Geschöpfes Zeter und Mordio anstimmte.

Gunther überlegte; er hatte doch schon einmal eine Mausfalle besessen. Ein ehemaliger Gartennachbar hatte seinen Schuppen entrümpelt und unter einer verrosteten Gießkanne, alten Blumentöpfen und Plastikstühlen war auch eine Mausefalle gewesen, die noch tadellos in Ordnung war. Sicher, diese war von der Art, dass die Maus ohne Wenn und Aber sofort getötet wurde, und nicht die neumodische, natürlich deutlich teurere Art, bei der die Maus eingefangen und dann in die Natur zurück verfrachtet wurde. Aber sie war vollkommen funktionsfähig und natürlich viel zu schade zum Wegwerfen. Wo war die bloß abgeblieben? Dachboden und Schuppen brachten kein Ergebnis. Womöglich hatte die Frau, ihrem unbegreiflichen Entsorgungstrieb folgend, die Falle heimlich der Mülltonne übereignet? Zuzutrauen wäre es ihr allemal.

Man müsste eine Falle selber bauen! Sperrholz und Nägel vom Saunabau waren noch genügend vorhanden und eine Anleitung würde sich wohl im Internet finden lassen. Gunther fuhr den Computer hoch. Da, eine Anleitung zum Bau einer Falle, Bauzeit 2 Stunden mit Videoanleitung. Na bitte, die Werkzeuge und das Material waren vorhanden. Nochmals las Gunther die Hinweise durch. Na gut, es war eine Lebendfalle, aber das bedeutete gar nichts. Wenn er die Maus erst einmal hatte, würde er allein entscheiden, was mit ihr geschehen würde.

Gunther begann alles zusammenzutragen, was der Dackel jedoch als Zeichen des täglichen Gassigehens deutete, woraufhin er sein übliches Gebell anstimmte. Seufzend unterbrach Gunther seine Vorbereitungen und entschloss sich doch, zunächst die tägliche Runde zu gehen. Andernfalls würde ihn der Dackel mit Bellen und Fiepen pausenlos tyrannisieren und den Bau der Falle torpedieren. Gunther nahm Leine und Hund und begann

Richtung Wald zu laufen, in Gedanken jedoch ganz bei der Falle, die er nach seiner Rückkehr bauen würde. Natürlich war die Frage, wo er die Falle aufstellen würde und wie er das Tier entsorgen sollte. Ein Freilassen in der Nähe des Hauses kam nicht in Betracht. Die Maus kehrte wahrscheinlich sofort zurück. Blieb nur, sie weitab des Hauses in die Freiheit zu entlassen oder sich ihrer zu entledigen. Gunther sah sich schon mit der Falle und Auto Kilometer weit fahren, bloß um eine blöde Maus zu entsorgen. Allein der Zeitaufwand und die Spritkosten! Das kam gar nicht in Frage, schließlich starben täglich irgendwelche Mäuse in der freien Natur, weil sie zu dusselig waren, sich in Acht zu nehmen. Die Maus würde ins Gras beißen müssen. Hauptsache, die Frau kam wie versprochen erst morgen von ihrer Reise zurück.

Nach seiner Rückkehr begann Gunther unverzüglich mit dem Bau der Falle. Dazu schenkte er sich ein Glas aus der bereits geöffneten Weißweinflasche ein und nahm hin und wieder genüsslich einen Schluck. Eigentlich machte ihm das kleine Heimwerken großen Spaß. Etwas mit den eigenen Händen Geschaffenes, das war es, was einen Mann wirklich ausmachte. Gunther drehte die Klassik- CD in seinem uralten Radio lauter. Entgegen den ständigen Vorhersagen seiner Gattin war es nämlich doch sinnvoll, alte Sachen aufzuheben. Der CD-Spieler funktionierte, nachdem er den Kabelbruch behoben hatte, nämlich noch einwandfrei. Gut, die Vorderseite des Gerätes war abgeschrammt und der Programmregler abgebrochen, aber für das Hören einer CD war das Teil allemal gut genug. Und auch das Baumaterial, das gerade seine sinnvolle Verwendung fand, wäre nach den Vorstellungen seiner Frau bereits in der Mülltonne gelandet. Das Bewusstsein, wieder mal Recht behalten zu haben, versetzte Gunther in eine optimistische Stimmung. Der Bau schritt flott voran und das Leben der Maus neigte sich dem Ende. Drei und eine halbe Stunde später hatte Gunther die Falle fertiggestellt. Von wegen zwei Stunden, diese Internetangeber.

Die Anleitung war teilweise unverständlich gewesen und dazu
noch in schlechtem Deutsch, was nicht weiter verwunderte in
einer Welt, wo sich bereits in die Hauptnachrichtensendung
Rechtschreib-, Grammatik- und Aussprachefehler eingeschlichen
hatten. Was die Kinder heute wohl in der Schule lernten?
Na, wahrscheinlich Computerspielen und Chatten, aber kein
Deutsch.
Gunther überlegte. Wo sollte er die Falle aufstellen? Am besten
dicht beim Bücherregal. Er begann im Kühlschrank nach etwas
Käse zu suchen. Der Frischkäse schied aus. Aber da war noch
etwas Parmesan, der schon etwas Schimmel angesetzt hatte. Das
würde der Maus ja wohl nichts machen. Vorsichtig platzierte
Gunther die Falle am Regal, wobei er ärgerlich den Hund
verjagte, der versuchte an den Käse zu gelangen. Danach
entschied er unter Zuhilfenahme eines weiteren Glas Weißweins,
eines Restes Kartoffelsalat und eines Würstchens, dass er einen
Mittags- bzw. Nachmittagsschlaf mehr als verdient hatte. Der
Hund schnarchte bereits unter dem Bett, als Gunther einschlief.
Als er erwachte und sich aufsetzte, war es bereits zehn Minuten
nach fünf. Der Dackel kam mit begeistertem, ohrenbetäubendem
Gebell unter dem Bett hervorgefegt. Noch bevor Gunther ins
Wohnzimmer gelangt war, stand der Hund bereits vor der
Mausefalle und schnüffelte. Gunther zog sich an, setzte die
Kaffeemaschine in Gang und sah zu der Falle. Wunder über
Wunder, die Tür war zugeschlagen. Gunther ging hinüber, legte
sein Ohr an den Holzkasten und lauschte – nichts. Doch da, war
das nicht ein leichtes Kratzen? Oder war das der Dackel, der mit
seinen Vorderpfoten auf dem Parkettfußboden scharrte? Gunther
hob die Falle auf den Küchenblock und lauschte noch einmal.
Dann hob er den Falldeckel einen Spalt breit an.
Hah ...da war sie, klein und grau und.....niedlich. Diese großen,
ängstlichen Augen und das kuschelige Fell. Fast kam es ihm so
vor, als ob die Maus ängstlich fiepte. Gunther überlegte. Wenn
er es richtig betrachtete, brachte das Töten der Maus auch

Nachteile. Die frisch gebaute Falle würde beschmutzt oder gar beschädigt werden, wenn er mit einen Werkzeug versuchte der Maus den Gar- aus zu machen. Die Falle, gerade erst gebaut, musste sich doch rentieren. Das war ja der Sinn. Sollte er die Maus seiner Frau zeigen? Aber die kam ja erst morgen. So lange konnte er sie unmöglich in der Falle lassen. Schließlich hatte die Maus kein Wasser und das kleine Stück Käse war gewiss auch schon alle. Da konnte die Maus gut verhungert sein. Und außerdem würde der Dackel den ganzen Abend Theater machen. Der roch doch die Maus. Gunther seufzte, es blieb mal wieder an ihm hängen.

Noch während er seinen Kaffee trank, traf er eine Entscheidung. Er suchte sich aus dem Geräteschuppen ein Stemmeisen und verfrachtete dieses samt Falle und Maus in sein Auto.

Der Dackel bellte enttäuscht, als Gunther die Wohnung verließ und den Motor startete. Er fuhr fünf Kilometer durch den Wald und bog in eine Forststraße ab. Vorsichtig ging er mit der Falle und dem Stemmeisen in den Wald. Na bitte, sogar die Sonne zeigte sich! Gunther stellte die Falle ab und duckte sich hinter einen Busch. Er holte tief Luft, hob das Stemmeisen und öffnete damit die Falltür. Die Maus verschwand gerade unter einem Wurzelstock, als Gunther fröhlich pfeifend zum Auto zurückschlenderte.

Die Tasse

I.

Als Marcel am ersten Sonnabend des Monats Juni erwachte, schien ihm die Sonne ins Gesicht. Ein warmer Tag; endlich. Der Mai war nass und kühl gewesen, was seinem Großvater zu Folge eine gute Ernte bedeutete. Trotzdem würde dies ein beschissener Tag werden, und seine Miene verfinsterte sich.

Marcel lebte in einem kleinen Nest in Sachsen-Anhalt in einem alten, baufälligen Haus von der Art, in der Familien wie die seine, die von Sozialhilfe und weniger von einer Arbeit leben konnten, meist landeten. Seine Eltern waren eigentlich nicht faul und hatten auch hin und wieder einen Job. Seine Mutter putzte und sein Vater, ein richtiger Bulle, half manchmal bei Abrissarbeiten oder arbeitete als Saisonkraft im Palettenbau. Aber viel kam da nicht zusammen, selbst wenn die vom Sozialamt nichts mitkriegten. Und vor allem blieb bei vier Kindern kaum etwas übrig, weshalb sie schon aus der einen oder anderen Wohnung wegen Miet- oder Stromschulden hatten ausziehen müssen.

Die derzeitige Wohnung hatte vier Zimmer; eins davon teilte er sich mit seinem älteren Bruder Andy. Andy war stark und cool, aber jähzornig. Er ließ sich von den Eltern kaum noch etwas sagen und hatte schon diverse Diebstähle begangen. Zuletzt hatte er versucht jemanden auszurauben, weshalb Marcel das Zimmer im Moment für sich allein hatte. Andy saß im Bau oder in der Jugendstrafanstalt, wie die Oberschlauen das heutzutage nannten. Und das war die Wurzel allen Übels. Klar, es war mal schön, zum ersten Mal, seit er denken konnte, ein Zimmer für sich zu haben. Er konnte sich auf jedes Bett legen oder Andys coole Jacke anziehen, ohne dass der das sah und einen Ausraster kriegte, oder in Ruhe vor sich hinträumen, ohne verspottet zu werden. Aber andererseits konnte ihn Andy jetzt auch nicht beschützen.

Vor einer Woche war Knaller aufgetaucht, und damit hatte es angefangen. Knaller wohnte in Loburg und war Andys Kumpel. Die zwei hatten schon mehrere Brüche zusammen gemacht. Knaller war ein Draufgänger wie Andy, aber so verrückt, wie der Spitzname, den er sich selbst gegeben hatte, andeutete. Mit Andy konnte man noch reden; klar, nicht wenn andere dabei waren und er seine „ich bin hier der Obermacker"-Phase hatte. Aber abends im Bett oder manchmal, wenn sie irgendwo durch die Gegend zogen, hörte der auch mal zu. Knaller war anders, immer wie auf Drogen. Dem widersprach man niemals, wenn man nicht was aufs Maul haben wollte. Also Knaller war letzten Sonnabend Abend vor dem Haus aufgetaucht, hatte seine zwei jüngeren Geschwister weggescheucht und war sofort zur Sache gekommen. Er hatte mit Andy vor ca. drei Monaten einen Bruch geplant, in einem Bauernhaus am Rande von Loburg. Dort wohnten schwerhörige uralte Leutchen, quasi ein Kinderspiel. Und weil Andy so blöd gewesen sei und sich hatte schnappen lassen, müsse er, Marcel, logischerweise als Ersatz einspringen; nächste Woche Sonnabend Nacht. Knaller wollte nicht länger warten. Marcels Job sei es, Schmiere zu stehen und, falls irgend etwas schief ging, dafür zu sorgen, dass man abhauen könnte. Dafür sollte er einen kleinen Anteil an der Beute bekommen; so jedenfalls Knallers klare Anweisungen.

Marcel hatte zu alledem nichts gesagt; da war auch nichts zu sagen gewesen außer ja klar, wenn man sich keinen Ärger einhandeln wollte. Aber die ganze letzte Woche hatte er überlegt, ob er sich da irgendwie hinaus manövrieren konnte. Zum einen hatte er Angst vor Knaller. Der war so psycho, dass man nie wusste, ob der nicht durchdrehte und was völlig Endbescheuertes anstellte. Der zwang Leute irgendwelche Sachen zu tun, nur um sie zu schikanieren; einfach nur so aus Spaß. Letzte Woche hatte er einen Jungen gezwungen, sein neues Basecap in eine Pfütze zu werfen, und war dann darauf herumgetrampelt. Dabei hatte er gefaselt, der Junge müsse ihm dankbar sein, weil sein Basecap jetzt einen „used look" hätte, wobei Knaller die Bedeutung der Worte kaum klar gewesen sein dürfte, denn er hatte sie wie „Justluk" gesprochen. Aber niemand der das mitbekommen hatte, war so bescheuert, Knaller darauf hinzuweisen. Es hieß auch, dass er seine Mutter verprügelte, wenn die ihn irgendwie nervte, und Knaller war extrem schnell genervt.

Zum Anderen mochte Marcel alte Leute. Sein Großvater, also der Vater von seiner Mutter, war der Einzige, der sich oft Zeit für ihn genommen hatte. Der hatte ihn manchmal mit zum Angeln genommen oder ihm Geschichten von früher erzählt. Hin und wieder hatte er Kuchen oder Bratwürstchen da gehabt. Die hatte er dann für beide gegrillt und Marcel auch mal an seinem Bier nuckeln lassen. Manchmal hatten sie auch einfach nur so dagesessen; Großvater hatte seine Kronkorkensammlung herausgeholt und ihm die Deckel gezeigt. Die war jetzt nicht wertvoll oder so gewesen. Aber da waren Kronkorken dabei von Biersorten, die es heute schon lange nicht mehr gab. Zum Schluss hatte er die Sammlung wieder in seinem alten Zigarrenkasten verstaut und gesagt, heute würde sich niemand mehr die Mühe machen, Kronkorken zu sammeln. Aber darin hatte er sich geirrt. Als sein Großvater vor zwei Jahren gestorben war und seine Mutter mit ihren Geschwistern dessen Sachen ausgeräumt hatte, hatte er freiwillig angeboten zu helfen. Die Mutter war erstaunt, aber dankbar gewesen. Beim Entrümpeln hatte er den Zigarrenkasten aus dem Schuppen geholt und sorgsam in seiner Jacke verborgen. Die war Gott sei Dank sowieso ein paar Nummern zu groß gewesen. Zu Hause hatte er die Sammlung sogleich versteckt, ehe Andy sich darüber lustig machte oder die Kleinen darüber herfielen. Seitdem sammelte er selbst neue Kronkorken, jedenfalls die, die ihm in die Hände fielen. Und ab und zu, wenn er allein war, holte er die Sammlung seines Großvaters hervor und betrachtete die alten Korken. Er vermisste den alten Mann und wollte alten Leutchen auch keinen Ärger machen, die hatten in ihrem Leben genug mitgemacht.

Deswegen hatte er in der letzten Woche Zombie gefragt, ob der nicht den Job übernehmen könnte. Zombie war auch ein Kumpel von Andy gewesen und wohnte in Kahlitz, dem Kaff, wo sie vorher gewohnt hatten. Aber der hatte nur abgewinkt. Mit Andy sprechen konnte er auch nicht, und seine Eltern hatten mit sich zu tun. Seit Andy einsaß, waren sie schnell auf Hundert, wenn irgend etwas schief lief. Und obwohl beide ständig über die Schuld vom Staat und den Behörden und sonst wem laberten, glaubte Marcel, dass sie sich insgeheim als Versager fühlten. Keinen vernünftiger Job, kein Geld, keine Zukunftsaussichten und ein Kind im Knast; das war ja auch wirklich keine Erfolgsbilanz. Kein Wunder, wenn die Eltern immer öfter schlecht drauf waren. Außerdem hätten sie ihn nie vor dem Zorn von Knaller beschützen können. Marcel wusste, er hatte keine Wahl.

II.

Als Marcel aus dem Fenster der elterlichen Wohnung kletterte, war es kurz nach dreiundzwanzig Uhr. Er hatte sein dunkles Sweatshirt angezogen und seine schwarze Strickmütze aufgesetzt. Er lief zur Hauptstraße, die durch den Ort führte, und wartete, nachdem er das Dorf hinter sich gelassen hatte, an einem Gebüsch, hinter dem er jederzeit verschwinden konnte. Nach einer Wartezeit von fünf Minuten näherte sich ein Motorrad, auf dem Knaller saß. Nicht, dass Knaller jemals einen Führerschein oder ein Motorrad besessen hätte. Wahrscheinlich hatte er das Motorrad bei der erst- besten Gelegenheit mitgehen lassen. Knaller hielt an und winkte. Er ließ den Motor nochmal so richtig aufheulen und jagte, nachdem Marcel aufgestiegen war, die Straße entlang. Nach einer Viertelstunde waren sie bei dem Bauerngehöft angekommen. "Also pass auf", instruierte ihn

Knaller „wir gehen zuerst durch die Scheune. Danach kommt ein Stück Garten und dann die Haustür. Ich geh rein, und du wartest draußen. Das Schlafzimmer liegt auf der anderen Hausseite, da kommen uns die Alten nicht in die Quere. Die schlafen um diese Zeit immer. Ist alles genau ausgekundschaftet!", brüstete er sich. Die Scheune war von innen mit einem Riegel gesichert. Knaller trat ein paar mal gegen das Tor und stemmte ein Brecheisen in den sich öffnenden Spalt. Kurz danach brach der Riegel mit einem Knirschen ab. In der Scheune befanden sich alte Räder und Gartenwerkzeuge. Wieder musste Marcel an seinen Großvater denken. Als sie den Garten durchquerten, sahen sie Licht in einem der Fenster. „Verdammte Scheiße", fluchte Knaller, „ wieso sind die bescheuerten Alten nicht im Bett?" Er trat gegen einen Blumentopf, der mit einem Klirren zerbrach. Marcel lauschte erschrocken; nichts zu hören, nur das typische Gemurmel eines laufenden Fernsehers. „Wir ziehen das Ding durch!", war Knallers nächste Anweisung, die Marcels kurz aufkeimende Hoffnung, die Aktion würde abgeblasen, zunichte machte. „Die Alten sind eh so taub, die kriegen nichts mit!" Er holte einen Dietrich aus der Tasche und begann damit an der Hauseingangstür zu fummeln. Wenig später betrat er das Haus und ließ die Eingangstür einen Spalt offen. Marcel stöhnte innerlich. Ihm war bei der Aktion alles andere als wohl und er hoffte bloß, Knaller würde schnell Geld finden, damit sie abhauen könnten. Vier oder fünf Minuten später ging plötzlich erst das Licht im Hausflur und danach in dem Raum rechts von ihm an. „ Erna, die Räuber sind da!", hörte er eine alte Männerstimme rufen. Während Marcel noch überlegte, ob er irgendwie eingreifen sollte, wurde die Haustür aufgerissen, und Knaller stürmte an ihm vorbei. Marcel rannte hinterher. Hinter sich hörte er eine jammernde Frauenstimme. Marcel keuchte, als er bei dem Motorrad ankam. Er schwang sich auf, und Knaller gab johlend Gas. Als sie sein Dorf fast erreicht hatten, hielt Knaller das Motorrad an. Triumphierend schwenkte er einen

Beutel. „ Die Alten sind so bescheuert", lautete Knallers Fazit; „lauter Fünfziger in einer alten Tasse". Und tatsächlich: Knaller entnahm dem Beutel eine in Gold und Bunt glänzende Tasse und zählte über dreihundertfünfzig Euro Bargeld. „Musste dem Alten eine überziehen; aber dafür hat man Werkzeug", lautete seine nächste Mitteilung. Wie der das sagte - fast, als hätte es ihm Freude gemacht; und das glaubte Marcel wirklich. Knaller nahm sich sieben Fünfzig-Euro-Scheine, hielt Marcel die Tasse mit zwei Zehn-Euro-Scheinen hin und sagte großkotzig „Warst gar nicht so schlecht, kleiner Schisser, vielleicht hab ich mal wieder 'nen Job für dich!" „Ach, brauch ich nicht!", wehrte Marcel ab. „Nimm schon", sagte Knaller mit diesem Ton in der Stimme, der anzeigte, dass man bei einem weiteren Widerwort mit Ärger rechnen musste. Deshalb gab Marcel ein leises Murmeln von sich, das Knaller als Zustimmung auslegte. Er drückte ihm die Tasse in die Hand. „Und dass du nicht quatschst, zu keinem, ich will nicht in den Bau wie dein bescheuerter Bruder", warnte er ihn. Marcel nickte bloß. „OK, man sieht sich", sagte Knaller noch, und dann war er allein. Leise schlich er ins Dorf und in das Haus zurück. Bevor er sich schlafen legte, versteckte er die Tasse in der Federung seines Bettes, in der neben einem Taschenmesser und etwas Geld auch die Zigarrenkiste seines Großvaters lag.

III.

Am nächsten Dienstag stand die Sache in der Zeitung. Normalerweise bekam Marcel so etwas gar nicht mit, denn es war fast nie eine Zeitung im Haus, höchstens mal, wenn der Vater von der Arbeit eine mitbrachte. Aber heute hatte die Mutter, während sie Schnitten schmierte, von einem Gespräch mit Frau Soundso im Supermarkt berichtet, und die hatte von den alten Hennings erzählt, die seien überfallen worden, es habe auch in der Zeitung gestanden. Die Frau Soundso habe mit der Henning selbst gesprochen. Der Mann sei im Krankenhaus mit

einer schweren Gehirnerschütterung und das Haushaltsgeld sei
weg. Marcel fühlte sich deprimiert. Das Geschehen vom
vergangenen Samstag bedrückte ihn. „Hab keinen richtigen
Hunger", murmelte er zu seiner Mutter hinüber und verzog sich
in sein Zimmer. Hier ließ er sich auf sein Bett fallen. Ja
verdammt, was sollte er denn machen. Passiert war passiert. War
ja nicht seine Idee gewesen. Aber irgendwie musste er immer
wieder an die Sache denken. Ein Mann steht für seine Fehler ein,
hatte der Großvater immer gesagt, wenn er zum was-weiß-ich-
wievielten Mal erzählt hatte, wie er in der Hühnerfabrik im
Sommer vergessen hatte, die Kühlung anzustellen, und wie dann
hundert Hühner hops gegangen waren. Da hatte er freiwillig
unbezahlte Überstunden gemacht. Oder als er mal einen
Radfahrer angefahren hatte. Den hatte er selbst ins Krankenhaus
gefahren. Aber Marcel konnte nichts derartiges machen. Denn
sonst würde er geschnappt und kam womöglich in den Bau. Von
Knallers Reaktion ganz zu schweigen. Das Geld konnte er nicht
heimlich zurück bringen,. Die kamen sich doch verarscht vor;
statt dreihundertsiebzig nur zwanzig Euro. Da fiel ihm die Tasse
ein und er holte sie aus dem Versteck. Seine Großmutter, die er
nicht mehr gekannt hatte, hatte Kaffeetassen gesammelt. Das
hatte der Großvater immer erzählt. „Jeder sammelt die
Erinnerungen an sein Lieblingsgetränk", hatte er gesagt, „sie
Kaffee und ich Bier", und dabei gekichert. Die Tasse sah
wirklich alt aus, vielleicht sollte er die zurückbringen. Das war
etwas, was er tun konnte. Einfach aufs Fensterbrett stellen und
fertig. Die würden sie schon finden. Geld konnte man schließlich
neu beschaffen, aber die alte Tasse nicht.

IV.

Als Marcel am darauf folgenden Sonnabend um zwei Uhr nachts
am Grundstück der Hennings ankam, war er außer Atem. Er hatte
die Strecke, die ihm vor einer Woche auf Knallers Motorrad so

kurz vorgekommen war mit dem Fahrrad fahren müssen. Neunzig Minuten! Und der Rückweg würde mindestens noch einmal so lang dauern. Am Anfang hatte Marcel noch darüber nachgedacht warum er die Tasse denn nun eigentlich zurückbrachte. Wegen seines Großvaters? Weil ihm die Leute leid taten? Er war sich nicht sicher gewesen. Irgendwie war es schon bescheuert, sich wegen einer alten Tasse so abzustrampeln. Wahrscheinlich sammelte die alte Henning gar keine Tassen. Dann war das Treten immer anstrengender geworden und er hatte sich nur noch aufs Fahren konzentriert.

Das Tor der Scheune war mit einem neuen Riegel versehen. Deshalb ging Marcel um das Grundstück herum und suchte eine günstige Stelle, um über den Zaun zu klettern. Unter Zuhilfenahme eines Baumes erklomm er den Zaun, sprang in den Garten und lief zum Haus der Hennings in dem es völlig dunkel war. Vorsichtig holte er die Tasse aus seinem Beutel und stellte sie auf das Fensterbrett des Küchenfensters. „ Du kannst wohl Nachts auch schlecht schlafen?", hörte er plötzlich eine Stimme hinter sich. Als er herumfuhr, stand da der Alte. Er war mittelgroß, hager und mit seiner weißen Kopfbandage sah er ein bisschen wie der Skelettkönig aus einem der Videospiele seines Bruders aus. Die Szene war irgendwie unheimlich. „Hinsetzen", sagte der Alte jetzt und zeigte auf die Bank vor dem Küchenfenster. Marcel schaute sich kurz um. Weglaufen war kaum möglich, denn der Zaun war nicht so leicht zu überwinden. Und auf ein Gerangel mit dem Alten wollte er sich nicht einlassen. Außerdem fühlten sich seine Beine gerade wie Gummi an. Deshalb setzte er sich vorsichtig auf die Kannte der Bank. Der Alte nahm die Tasse aus dem Fensterbrett und betrachtete sie und dann Marcel und sagte erst einmal nichts weiter. „Also du warst nicht in meiner Küche", sagte er dann „bist viel zu klein und dünn". „Warst du der, der draußen war?" Marcel schaute zu Boden. „Bist du nicht einer von den Brünners?", fragte der Alte wieder, „ihr habt doch früher in Kahlitz gewohnt. „Scheiße", dachte Marcel „jetzt bin ich geliefert; in so Käffern kennt eben jeder jeden". Er selbst hätte schwören können, den Alten noch nie gesehen zu haben. Der Alte schnäuzte sich und sagte wieder eine Weile nichts mehr. Dann schaute er in den Garten. „Das Kartoffelbeet müsste umgegraben werden", sagte er langsam „und in der Scheune muss mal gründlich aufgeräumt werden. Du hast nicht zufällig morgen Zeit?" „Hab ich", brachte Marcel hervor, der plötzlich einen Weg sah, ohne Polizei und Knast aus der Sache herauszukommen. „Na dann sei mal um Punkt zwei wieder da". Dann winkte er ihm, ihm zu folgen. Der Alte schloss das Scheunentor auf. „Ja dann bis morgen", sagte er noch und verschloss das Tor von innen.

V.

Zwei Wochen später fuhr Marcel mit seinem Fahrrad bereits zum dritten Mal zum Grundstück der Hennings. Er hatte inzwischen das Kartoffelbeet umgegraben, die Scheune aufgeräumt und den Komposthaufen umgesetzt. Der Alte sagte nicht viel. Er nickte nur, wenn er ankam, und wies ihm an, dieses oder jenes zu tun. Dann arbeiteten sie still vor sich hin. Manchmal machte der Alte eine Zigarettenpause und dann beobachtete er ihn. Seine Frau hatte sich kaum blicken lassen und das war Marcel recht so, denn ihn plagte gerade ihr gegenüber immer noch das schlechte Gewissen. Wer weiß, was der Alte ihr erzählt hatte. Jedes Mal, nachdem Marcel drei oder vier Stunden gearbeitet hatte, sagte der Alte dann nur „so, Schluss für heute" und „bis nächsten Sonnabend" oder Sonntag und er konnte nur nicken. Gott sei Dank fragte seine Mutter nie was er vorhatte. Solange er zur Schule ging und nichts anstellte, konnte er machen was er wollte. Wie lange der Alte ihn wohl noch wöchentlich antreten ließ? Aber wenn er sich weigerte wiederzukommen ging der am Ende noch zur Polizei und dann „Gute Nacht". Er mochte gar nicht daran denken, was passieren würde, wenn die über ihn auf

Knaller kamen. Und vom Knast hörte man nichts Gutes; davor hatte er Angst. Wenn er es recht überlegte, konnte ihn der Alte jetzt auf ewig, mindestens aber ein Jahr oder so bei ihm arbeiten lassen. Dann musste das Geld doch aber abgearbeitet sein. So eine Knochenarbeit hatte er noch nie machen müssen, höchstens mal was für Mutter aus dem Laden holen oder Flaschen wegbringen oder so. Von der Fahrerei ganz zu schweigen. Missmutig trat Marcel in die Pedale.

Als er ankam stand, der Alte schon vor der Scheune. „Komm mal mit" brummte er. Wahrscheinlich ist die Jauchegrube zu entleeren, dachte Marcel sarkastisch, während er hinter dem Alten hertrottete. Der steuerte auf das Haus zu. Vor dessen Küchenfenster saß die Frau auf der Bank und schaute ihm entgegen. Daneben sah Marcel einen gedeckter Kaffeetisch, auf dem ein Marmorkuchen und drei Tassen standen. Der Alte setzte sich.„Wer arbeitet soll auch essen", sagte die Frau jetzt, schenkte Kaffee ein und zeigte auf einen leeren Gartenstuhl. Und während Marcel sich zögernd setzte, löste sich der Knoten, der ihm seit dem ersten Erscheinen von Knaller im Magen gesessen hatte, langsam auf.

Ein perfekter Tag

I.

Wenn alle Sterne günstig stehen, gibt es einen perfekten Tag, an dem alles gelingt und sich wie von selbst fügt. Solche Tage sind selten, aber es gibt sie.

Eddy schaute zum Terrassenfenster hinaus. Es regnete leicht. Da musste der Spaziergang möglichst noch ein bisschen warten. Es war kurz nach neun Uhr und Herrchen und Frauchen waren dabei, den Frühstückstisch zu decken. Eddy kuschelte seine Nase noch tiefer in den Teppich, der, wie es sich gehörte, nach dem Herrn des Hauses roch. Sorgsam hatte er in seiner Freizeit alle vier Tischbeine durch das elegante Heben seines linken Beines gekennzeichnet. Die derart gesetzte Markierung war natürlich in den Teppich gesickert. Dort war sie zwar von Herrchen und Frauchen bemerkt worden und Frauchen hatte unter der anfeuernden Anleitung von Herrchen versucht, seinem Werk mit Seife und Schwamm zu Leibe zu rücken, aber natürlich blieb der Geruch am Ende doch. Eine Mischung aus Teppichhaaren, Seife und Dackel. So gehörte sich das. Lustigerweise hatten Herrchen und Frauchen die ebenfalls im Haushalt lebenden Katzen in Verdacht, Urheber seiner Signaturen zu sein, weshalb sie diese noch häufiger und regelmäßiger vor die Tür setzten. Konnte denen gar nichts schaden.

Damit waren Eddys Überlegungen bei einem Nachschlag betreffend das heutige Frühstück angekommen. Wie üblich hatte er vor Herrchen und Frauchen als erstes seinen Napf leer gefressen, während die Katzen im anderen Teil der Küche gefüttert wurden. Dabei blieb jedoch stets genug übrig, um sich ein zweites Frühstück zu genehmigen. Die Kunst dabei war, so zu tun, als hätte man am Katzenfutter nicht das geringste Interesse. Eddy legte sich unter den Tisch und wartete, bis Herrchen und Frauchen selbigem saßen, um ihr Fressen zu sich zu nehmen. Dann stand er langsam auf. Bloß jetzt nicht auffallen und in aller Gemütsruhe durch die Küche wandern. Bei der ersten Runde hieß es, am Napf vorbei zu laufen. Schließlich wollte man sich ja nur mal die Beine vertreten. Die Fressgeräusche vom Frühstückstisch wurden intensiver. Geschirr klirrte. Jetzt war der richtige Zeitpunkt. Eddy beäugte die heutige Beute. Recht üppig, ein Viertelteller Katzenfutter in Gelee. Dem Geruch nach irgendetwas mit Fisch. Noch einmal horchte er: Wenn er in totaler Stille begann, das Futter in sich hinein zu schlappen, konnte das von Frauchen durchaus gehört werden. Wenn Frauchen dann rief oder, was noch schlimmer war, aufstand, um den Napf unerreichbar auf die Küchenplatte zu stellen, hieß es schlingen, so schnell man konnte. Ein hastig hinein geschlungenes zweites Frühstück aber lag schwer im Magen. Man war ja schließlich kein junger Pinscher mehr. Besser war es, in aller Seelenruhe zu fressen. Deshalb durfte man nicht zu schnell entdeckt werden. Eddy stellte die Ohren an. Eben begannen Herrchen und Frauchen eine Diskussion über die Ordnung in der Küche. Eddy seufzte erleichtert, das konnte dauern. Dann beugte er sich über die Futterreste und nahm entspannt Happen für Happen zu sich. Als der Teller leer war, leckte er in aller Gründlichkeit seine Schnauze und sicherheitshalber noch einmal über den Teller. Dann wanderte er zurück unter den Esstisch. Herrchen und Frauchen stritten immer noch. Ein Blick aus dem Terrassenfenster zeigte, dass der Himmel aufklarte. Eddy seufzte erneut. Ein hervorragender Tagesanfang, dachte er zufrieden, bevor er sich ein kleines Nickerchen genehmigte.

II.

Eddy erwachte, als Herrchen und Frauchen das Geschirr in die Küche räumten. Zu dem Geklapper kam die üblichen gegenseitigen, selbstverständlich liebevoll gemeinten Hinweise.

Frauchen hatte die Teller nicht richtig in den Geschirrspüler geräumt. Dafür hatte Herrchen den Schinken ohne Abdeckung in den Kühlschrank gestellt. Das Honigglas war nicht richtig zugeschraubt (gegenseitiger Hinweis) usw., usw. Da konnte doch kein normaler Hund schlafen. Eddy gähnte, reckte sich und sah sich um. Eben gingen Herrchen und Frauchen ins Bad, um ihre sonderbare Art von Fellpflege zu betreiben, wobei man sich nicht die entsprechenden Stellen beknabberte und anschließend glatt leckte, sondern sich in eine Vorrichtung begab, in der man pudelnass wurde, woraufhin man sich mit einer Art Kunstfell massierte. Na ja, wem es gefiel! Diese Zeit konnte jedenfalls gut genutzt werden, um das unfreiwillig unterbrochene Nickerchen vor dem Spiegelschrank im Flur fortzusetzen. Eddy schaute in den Spiegel. Jeder Zoll ein stolzer Teckel. Saufarben, kräftig, mit voluminösem Bart und in den besten Jahren. Mit anderen Worten ein Prachtkerl. Unter diesen ermutigenden Feststellungen rollte er sich auf dem Kissen zusammen, das selbstverständlich für ihn vor dem Bad bereit lag, und begann leicht zu dösen, wobei angenehme Bilder von Lilli, einer Jack-Russell-Hündin, die am Anfang des Dorfes wohnte, vor seinem inneren Auge vorbeizogen. Vielleicht konnte man ja später eine Notdurft im Garten vortäuschen, um durch den Zaun zu dem Grundstück zu gelangen, in dem die Angebetete lebte. In den letzten Tagen war Eddy ein betörender Duft in die Nase gestiegen. Heute schien er ihm noch stärker als sonst. Herrchen und Frauchen waren normalerweise froh, dass er sein Geschäft selbstständig erledigte, und würden sein Entweichen viel zu spät bemerken. Gewöhnlich waren sie dann glücklich, wenn er nach ein bis zwei Stunden zurückkam. Eddy überlegte. Sollte er den Spaziergang mit Herrchen und Frauchen ganz ausfallen lassen? Oder sich der Geliebten erst nach einem Lauf vorstellen, der frische Luft in Lunge und Glieder brachte? Da war im Walde diese nach Wildschweiß riechende Stelle, die man sorgfältig belecken konnte, um sich anschließend gründlich darin zu wälzen, während Herrchen und Frauchen einen mit Ausrufen wie „Ach Eddy!" „Das gibt es doch nicht!" oder einfach „Iiiihhhh" anfeuerten. Nun, nur nichts überstürzen, dachte er sich. Es klarte weiter auf und versprach sonnig und schön zu werden. Vielleicht war ein kleiner Spaziergang zuvor wirklich nicht verkehrt. Ein Teckel sollte sich von seiner besten Seite zeigen.

Eine halbe Stunde später beschloss Eddy, dass es Zeit für den Spaziergang war. Die Sonne schien nun schön warm und er hatte ausgiebig genug gedöst. Er erhob sich. Ein Dackel hatte schließlich auch ein Tagwerk zu erledigen. Als erstes hieß es, Herrchen und Frauchen auf ihre Pflichten als Hundehalter hinzuweisen. Dazu stellte man, also Hund, sich neben Herrchen oder Frauchen und begann zunächst leicht zu fiepen, wobei man auf den Vordertatzen hin und her schaukelte. Früher hatte es Eddy nur mit Fiepen versucht, aber das war total schief gegangen. Frauchen war dann regelmäßig der Meinung gewesen, er sei krank und hatte ihn sogar einmal zum Arzt geschleppt. Der hatte natürlich nichts festgestellt, aber der Vormittag war im Eimer gewesen. Der Hinweis auf einen Spaziergang, so hatte Eddy daraufhin beschlossen, musste der Begriffsstutzigkeit seiner Ernährer angepasst werden. Deshalb war er dazu übergegangen das Laufen durch Treten auf der Stelle plastisch darzustellen, was inzwischen von Herrchen und Frauchen gut verstanden wurde.

Eddy checkte die Lage. Herrchen saß mit einer Zeitung in seinem Schaukelstuhl, während Frauchen wie ein aufgescheuchtes Huhn hin und her lief. Das nannte sie Ordnung machen. Frauchen kam daher nicht in Frage, sonst hatte man sich womöglich gerade positioniert und sie war schon wieder davon gehetzt. Es war sogar schon vorgekommen, das Frauchen seine wundervoll einstudierte Pose übersehen(!!!) hatte. Auf der anderen Seite wurde Herrchen beim Zeitunglesen nicht gern gestört und überhörte dann regelmäßig Aufforderungen von Frauchen oder Hund. Eddy wählte das überschaubare Risiko, postierte sich neben Herrchen und begann seine Vorstellung. Hhhmmm, Herrchen versuchte die eindeutige Aufforderung zu ignorieren und beugte sich tiefer über die Zeitung. Da war eindeutig Stufe zwei, verstärktes Fiepen, angesagt. Hah, die Zeitung raschelte, Herrchen schaute kurz auf und wurde sofort mit mit einem vorwurfsvollen Dackelblick bombardiert. Einen Moment hielt er irritiert inne, senkte jedoch wieder den Kopf und blätterte um. Hhhhmmmm. Nun hatte Eddy die Wahl. Wenn er jetzt Stufe drei, Schaukeln mit ausdauerndem Bellen, einleitete, gab es zwei Möglichkeiten. Entweder verlor Herrchen die Nerven und der Spaziergang wurde sofort in die Wege geleitet oder Herrchen verlor die Nerven, schnauzte ihn an und der Spaziergang wurde auf unbestimmte Zeit verschoben. Eddy beschloss, sein Glück zu versuchen. „Für die Geliebte!", dachte er sich und leitete Stufe drei ein. Vorsichtshalber trat er dabei einen Schritt zurück und setzte einen Blick auf, der sagen sollte: „Ich bin dein, brich mir nicht das Herz!" Herrchen hob den Kopf und ließ die Zeitung sinken. „Meinst du, wir sollen mit Eddy gehen?" fragte er Frauchen. Na bitte, warum nicht gleich so! Auf ging es!

III.

Bei einem Spaziergang kam es zunächst darauf an, möglichst schnell die verhasste Leine loszuwerden. Dazu musste man gleich zu Beginn des Rundgangs wie wild an der Leine zerren, so dass die Arme von Herrchen oder Frauchen binnen kurzem erlahmten und sie sich entkräftet über einen beugten, um die Öse der Leine von seinem Halsband zu lösen. Heute schaffte es Eddy in zwanzig Metern, was er stolz als neuen Rekord registrierte. Danach hieß es den heutigen Weg festzulegen, der sich natürlich an seinen Bedürfnissen orientieren sollte. Hhhmmm, Richtung Feld roch er etwas wunderbar Modriges, Faules. Also der Feldweg! Eddy lief am Feld entlang, wobei Herrchen und

Frauchen heute ohne Probleme folgten. Vorsichtig knabberte er ein Stück eines toten Frosches in sich hinein, während die beiden ihr übliches Gewunder über die Schönheit der Natur, von bestimmten Tieren oder Pflanzen anstimmten. Warum sie das wohl taten? Natürlich waren Tiere Klasse! Er war der beste Beweis dafür. An der Abzweigung zum Wald lief Eddy voran. Jetzt hieß es dafür zu sorgen, dass seine Ernährer nicht die falsche Route nahmen, sondern die, die an seinem Wälzplatz vorbei führte. Manchmal wollten Herrchen und Frauchen „die Sonne genießen" und bestanden darauf, weiter am Feldrand entlang zu gehen. Glücklicherweise war es inzwischen fast heiß geworden und die zwei folgten ihm willig in den Wald.

Eddy hatte gerade den Wald betreten, da traf ihn der Geruch von Lilli. Betörende Bilder von einer Begegnung mit ihr, bei denen ihre Liebe zueinander endlich Erfüllung fand, zogen vor seinem geistigen Auge dahin. Die Entscheidung konnte daher nur lauten: „Von Herrchen und Frauchen abseilen!" Dazu musste er geschickt vorgehen. Wenn nämlich seine Ernährer in etwas ahnten, konnte es vorkommen, dass er an die Leine gelegt wurde, was alle Pläne eines amourösen Treffens zunichte machte. Eddy leitete daher eine getarnte Absetzbewegung ein, indem er sich zunächst mehr und mehr zurückfallen ließ. Mal schnüffelte er an einem ach so aufregenden Blätterhaufen, mal musste er unbedingt den nächsten Baum gründlich markieren. Gerade drehte sich Frauchen um. „Komm Eddy", rief sie, wandte sich danach jedoch direkt wieder an Herrchen. „Jedem seine Liebe", dachte Eddy. Die zwei hatten sich und er hatte Lilli. Nun ja, fast! Sorgsam schätzte er den Abstand ein. Jetzt! Gott sei Dank sind Teckel Jagdhunde und diesem Namen machte Eddy alle Ehre. Im Galopp sauste er die Dorfstraße entlang und verschwand hinter der nächsten Ecke. Das Ganze hatte keine zehn Sekunden gedauert. Seine Ohren flatterten. „Ein freier Teckel auf dem Weg ins Glück!", dachte er und bog eine Straße weiter auf den Feldweg ein, der zu Lillis Grundstück führte, während er in der

Ferne immer leiser werdende „Eddy?!" -Rufe vernahm. Nach weiteren fünfzig Metern nahm der betörende Geruch plötzlich wunderbarerweise deutlich zu. Gleichzeitig wurde ein schwarz-weißer Punkt am anderen Ende des Weges immer größer und, ehe es sich Eddy versah, standen er und Lilli schon Nase an Nase. Mit einem kurzen Augenrollen bedeutete ihm die Angebetete, dass noch die lästige Aufgabe blieb, ihr Frauchen abzuschütteln, die ihr lautstark rufend hinterher rannte. Eddy war ganz Herr der Situation. Mit einem Satz war er in dem Maisfeld verschwunden, das sich am Feldweg hoch und weit erstreckte, und bedeutete Lilli, ihm zu folgen. Dann waren sie in einem Wald aus grünen Stängeln ganz allein.

IV.

Vier Stunden später stand Eddy mit hängender Zunge und vollständig erschöpft, aber glücklich an der heimischen Terrassentür. Die Stunden mit Lilli waren einfach unvergesslich. Seine Ohren brannten noch von ihren zärtlichen Bissen. Und, was das wichtigste war, er hatte in jeder Hinsicht seinen Mann gestanden. Nun mussten die verbrauchten Kalorien ordentlich mit Futter aufgefüllt werden. Frauchen und Herrchen waren zwar über sein Wiederauftauchen - wie zu erwarten - aus dem Häuschen, aber Fütterungszeit war erst am Abend! Hatten die eine Ahnung, wie anstrengend die Liebe sein konnte! Eddy erwog Möglichkeiten, vor dem Abendbrot an Futter zu gelangen. Zunächst einmal selbstständige Futtersuche auf dem Grundstück und Umgebung. Hin und wieder gelangen dort leckere Funde wie zum Beispiel tote Frösche, Mäuse, Maulwürfe oder Vögel. Die waren zwar nicht mehr taufrisch, aber dafür schön mürbe. Diese Möglichkeit verwarf er sofort auf Grund totaler Erschöpfung. Um Lilli zufrieden zu stellen, war er bis an seine Grenzen gegangen. Die sofortige Inspektion des Katzenfutertellers brachte keine Ergebnisse. Außer ein paar Krümeln Trockenfutter war nichts zu finden. Da blieb nur Betteln und Frauchen auf den Keks gehen. Dazu musste man sie zunächst in die Küche locken, was sich mitunter als schwierig erweisen konnte, jedoch nicht heute. Eddy hatte den leeren Wassernapf erspäht und begann laut damit zu schurren, woraufhin Frauchen entzückenderweise eine sofortige Füllaktion einleitete. Als sie vom Wasserhahn zurückkehrte, vertrat ihr Eddy den den Weg. Jetzt war erneut schauspielerisches Können angesagt! Herzerweichend begann er in jenem Ton zu fiepen, der stets den putzigen Tieren in Walt-Disney-Filmen vorbehalten war. Gleichzeitig blickte er auffordernd in Richtung der Futterschublade. Es klappte. Frauchen zog die Schublade auf, und holte einen Kauknochen hervor, den er sich weiß Gott verdient hatte. Eddy schaffte es noch, den Knochen auf sein Hundebett zu schleppen und zur Hälfte aufzunagen. Dann schlief er erschöpft, aber glücklich ein. Als er erwachte, war es früher Abend und der Hunger meldete sich in aller Deutlichkeit. Eddy entschied, den Rest des Kauknochens für später aufzuheben, und trollte sich zu seiner Futterschüssel. Diesmal wurde sie von Frauchen mit gurrenden Rufen „Na, wer hat denn da Hunger?" oder „Wo ist denn meine Hundewurst?" Gott sei Dank reichlich gefüllt. Während Eddy fraß, fragte er sich, ob sein Frauchen nicht ein wenig einfach gestrickt war. Die Frage, wo er sei, stellte sie mehrfach am Tag und oft dann, wenn er direkt vor ihr saß und sie ihn ansah. Oder hatte sie was an den Augen? Auch die Frage, wer denn Hunger hätte, während man (Frau) eine Schüssel mit Hundefutter füllte, sprach irgendwie dafür, dass Frauchen nicht wusste, was sie tat. Herrchen schien diesen Verdacht auch zu haben. „Weißt du eigentlich, was du da tust?", hatte er sie schon oft gefragt. Nachdem auch Herrchen und Frauchen gefressen hatten, gingen sie ins Schlafzimmer und legten sich, ihre gefüllten Bäuche weit von sich streckend, auf das Bett, was Eddy vor neue Herausforderungen stellte. Schließlich hatte auch er seine Schüssel bis auf den Grund geleert und somit das Anrecht auf einen Verdauungsschlaf. Völlig unverständlicher Weise war für ihn jedoch nur der Platz auf dem Hundekissen unter dem Bett reserviert. Der beste Ort zum Verdauen war jedoch eindeutig auf dem Bett, zwischen Herrchen und Frauchen, wobei Frauchen seinen vollen Bauch kraulte und ein wenig Süßholz raspelte. Das regte die Verdauung an. Das Problem war, wenn er jetzt mit einem anständigen Satz hinterher segelte, wurde Herrchen meist zornig und schubste ihn meist gleich wieder herunter. Die einzige Chance bestand darin, die Trägheit seiner Ernährer auszunutzen. Wenn sie zu faul waren, sich noch einmal aufzurichten, gelang es ihm vielleicht, sich nach Art eines Nackenkissens an Frauchen anzuschmiegen oder, noch besser, unter ihre Decke zu robben, wo er von Herrchen meist erst bemerkt wurde, wenn dieser ausgeschlafen hatte und seinerseits versuchte, sich an Frauchen zu kuscheln. In diesen Fällen tauschten sie meist Mann gegen Mann einen Blick, indem Herrchen andeutete, dass er jetzt an der Reihe sei, und in dem Eddy andeutete, dass Herrchen eben erst der Zweite in der Reihe sei. Eddy spähte auf das Bett. Herrchen schien völlig erschöpft zu sein und hatte die Augen bereits geschlossen, was er als gutes Zeichen wertete. Eddy wechselte auf Frauchens Seite, das ebenfalls schon in Schlafposition lag. Die Sterne standen günstig! Vorsichtshalber wartete Eddy noch zwei Minuten. Dann ging er in die Hocke und enterte das Bett. Super, Frauchen lupfte schläfrig die Decke an und Eddy kroch in einen Tunnel voller Wärme und Liebe. Bevor er in den wohlverdienten Schlummer glitt, ließ Eddy den Tag Revue passieren. „Perfekt, einfach perfekt!", dachte er.

Der Schrei der Möwe

„Kommst du?" Die Stimme, die diese Frage stellte, spiegelte die Zufriedenheit eines Menschen wieder, der das Werk, das er sich vorgenommen, bis zu diesem Punkt exakt organisiert und erfolgreich ausgeführt hat, und enthielt außerdem den selten ausgesprochenen, doch oft erhobenen Vorwurf ihrer eigenen Planlosigkeit. Gisela hörte die Frage ihres Mannes und noch, bevor sie zu ihm aufblickte, war ihr klar, welches Bild sich ihr bieten würde. Als ihr Blick ihn erreichte, stand Wolfgang circa fünf Meter von ihrem Liegestuhl entfernt.

Er war für die geplante Wanderung perfekt ausgerüstet. Wolfgang trug ein T-Shirt und eine Wanderhose aus wasserdichtem Material, deren Beine abgetrennt und in dem ergonomisch geformten Wanderrucksack verstaut waren, in dem sich selbstverständlich eine Flasche Wasser, 1,5 Liter, medium, denn Wolfgangs Magen vertrug nicht zu viel Kohlensäure, eine Flasche Sonnenmilch, Lichtschutzfaktor 50, mit der zuvor jede freie Körperstelle gründlich eingerieben worden war, eine Badehose, ein Handtuch, eine sorgfältig gefaltete Wanderkarte, Pflaster, medizinisches Allerlei und Wegzehrung befanden. Auf dem Kopf trug Wolfgang einen Schlapphut aus Segeltuch, der ihm das Aussehen eines traurigen Bernhardiners verlieh, wie sie fand, und seine Füße steckten in leichten Socken und Wanderschuhen. Es war der sechste Juni 2013 und exakt neun Uhr dreißig, genau der Zeitpunkt, zu dem sie gemeinsam am Abend zuvor beschlossen hatten, ihre Wanderung zu starten.

Gisela seufzte. Hinter Wolfgang, der sie mit teils mahnendem, teils verständnislosen Gesichtsausdruck betrachtete, erstreckte sich die Küste von K., einem kleinen malerischen Ort, irgendwo im Osten von Kreta, ihrem Urlaubsdomizil. Die See glitzerte, die Sonne wärmte bereits durchdringend. In diesem Augenblick wünschte Gisela nichts mehr, als spontan eine neue

Entscheidung bezüglich des Tagesplanes treffen zu können.
Beispielsweise zu lesen, über den kleinen Markt zu bummeln
und anschließend in einer Taverne zu landen. Oder sich zu
sonnen oder zu zeichnen. Aber die Wanderung an der Küste
entlang nach X. war verabredet worden und eine Weigerung
ihrerseits hätte den Urlaubsfrieden nachhaltig gestört. Wenn
Wolfgang nur nicht so ein Pedant wäre! Sie selbst trug im
Gegensatz zu ihrem Mann eine kurze Hose aus Jeansstoff und
ein rückenfreies Top. Ihre Füße steckten in Segeltuchschuhen,
die zwar nicht wirklich zum Wandern geeignet, aber dafür sehr
bequem waren. Ihr Basecap hatte sie locker in eine Lasche
ihrer Jeanshose gehakt. Gisela hatte vorhin kurz in den Spiegel
geschaut und war mit ihrem Aussehen durchaus zufrieden
gewesen. Nicht schlecht für eine Frau Mitte vierzig. Die
Männer schauten ihr immer noch nach. Nicht mehr so häufig
wie noch vor zehn Jahren, aber es kam doch immer wieder vor.
Wolfgang bekam davon selten etwas mit, aber wenn, fühlte er
sich geschmeichelt. Besitzerstolz, dachte sie verächtlich. Die
Gelegenheiten, bei denen er sie in letzter Zeit als Frau
wahrgenommen und ihr ein Kompliment gemacht hatte, hätte
sie an einer Hand abzählen können. Ganz zu schweigen von
irgendwelchen Annäherungsversuchen. Gisela stand auf. Nur
nicht die gute Laune verderben lassen, dachte sie und atmete
tief durch.
Wolfgang ging zu dem Tisch, der auf der Terrasse vor ihrem
Apartment stand, holte die Wanderkarte aus dem Rucksack und
breitete sie aus. Gisela trat heran und blickte betont gelangweilt
auf die Karte. Während Wolfgang die Wanderroute nochmals
erläuterte, fragte sie sich, wie man aus einer derart einfachen
Sache einen Staatsakt machen konnte. Sie würden den Weg an
der Küste entlangwandern, der mit roten Punkten markiert war.
Ende. Was gab es da bloß zu reden? Als Wolfgang die Karte
zusammenfaltete, stand immer noch etwas Eifer in seinem
angenehm geschnittenen Gesicht und sein Blick erheischte ihre

Zustimmung und Bewunderung zu seinen Planungskünsten. Warum hatte sie ihn bloß geheiratet? Er war so berechenbar, das Leben mit ihm eine Abfolge genau vorhersagbarer Ereignisse nebst seinen Reaktionen. Diese Überplanung war es, die sie oft verrückte Dinge tun ließ, nur um ihn zu provozieren. Im letzten Italienurlaub hatte sie zum Beispiel in einem öffentlichen Springbrunnen in P. gebadet. Mit ihren Kleidern und einer Flasche Spumante in der Hand. Zuvor hatten sie an einem Tisch in dem hübschen Restaurant gegenüber gesessen. Sie hatte noch einen zweiten Eisbecher gewollt und Wolfgang hatte etwas von Maßlosigkeit und Reisekasse und man könne sich auch auf andere Art abkühlen gesagt, als ihre Sicherungen durchgebrannt waren. Sie war aufgestanden, hatte die Flasche Spumante ergriffen, die noch zu einem Viertel gefüllt war, hatte ihn nicht angesehen, war mit betontem Hüftschlag über die Piazza geschlendert, in den Springbrunnen gestiegen und untergetaucht. Anschließend hatte sie einen Schluck Spumante genommen und war zurückgeschlendert. „War eine gute Idee mit der Abkühlung" hatte sie zu ihm gesagt, als sie tropfend an seinem Tisch stand. Wolfgang hatte wie angewurzelt dagesessen, den Blick starr auf sie gerichtet und mit hochroten Wangen. Zwei, drei Männer hatten applaudiert. Wolfgang hatte gezahlt und kein Wort mehr verloren. Allerdings waren jeder Blick und seine ganze Körperhaltung eine einzige Anklage ihrer Maßlosigkeit und Unvernunft. Außerdem hatte er sorgsam ein Handtuch über den Beifahrersitz gebreitet, damit der kostbare Mietwagen nicht nass wurde.

Wolfgang verstaute die Karte sorgsam im Außenfach des Rucksacks. „Los geht's", sagte er mit betont munterer Stimme und begann gemessenen Schrittes, man hatte ja schließlich eine Aufgabe vor sich, den Weg zur Küste hinunter zu laufen. Gisela hielt sich knapp hinter ihm. Im Gehen raffte sie ihre Haare zu einem Zopf zusammen, den sie auf dem Kopf feststeckte. Sie hatte noch kurz überlegt, doch lieber ihre Wanderschuhe anzuziehen, sich aber dagegen entschieden. Die Segeltuchschuhe sahen einfach zu schick aus. „Schick und sexy" dachte sie und seufzte wohlig. Nachdem sie die Küste erreicht hatten, begann der Wanderpfad sich links die Klippen empor zu schlängeln. Wolfgang kletterte voran und Gisela ergab sich ihrem Schicksal und begann ebenfalls die Felsen zu erklimmen. Ihr Blick glitt dabei abwechselnd die Küste entlang, über der ständig Möwen kreisten, streifte ihren Mann und dann die Felsen. „So knackig wie einst ist sein Hintern auch nicht mehr" dachte sie, als ihr Blick ein weiteres Mal über Wolfgangs Rücken streifte. Sein Gang wirkte irgendwie - wie der ganze Mann – durchexerziert und langweilig. Na ja, durchhalten, dachte sie.

Eine Stunde später war Gisela schweißüberströmt. Hier an der Küste ging zwar ständig ein Wind, der leidlich kühlte, aber die Sonne stand direkt über ihnen und hatte im Verein mit ihrer körperlichen Betätigung zu einer gefühlten Innentemperatur von 40 Grad geführt. Die malerische Küste mit ihren zerklüfteten Buchten, an der sie sich im Normalfall nicht satt sehen konnte, schien ihr nun wie eine ausgedörrte Steinwüste. Zwar hatte Wolfgang in regelmäßigem Abstand eine Trinkpause befohlen, aber das Wasser hatte nur eine kurzzeitige Linderung gebracht. Gisela sah zu Wolfgang hoch. Auch ihm machte die Hitze schwer zu schaffen. Sein T-Shirt war auf dem Rücken schweißnass und die Haare, die unter dem Schlapphut hervorschauten, klebten am Kopf. Beim letzten Halt hatte er nicht einmal mehr die Kraft gehabt, ihr die gegenwärtige Position zu erläutern, sondern nur „zwei Drittel haben wir" geschnauft. Gisela blickte nach unten. Der Felsen beschrieb hier einen Abhang gleich einer Sprungschanze, der in der oberen Hälfte mit Geröll übersät war. Die untere Hälfte war muldenartig und vom Meer glatt gewaschen. Blaugrün schäumten die Wellen gegen die Felsen. Gisela blieb stehen und stöhnte. Wolfgang drehte sich um. „Wir müssten bald da sein", keuchte er. „Wir könnten auch hier", sagte Gisela und zeigte auf die ausgewaschene Steinmulde. Skeptisch äugte Wolfgang den Abhang hinunter. „Der ist ganz schön steil" meinte er.

Aber auch er war durchgeschwitzt und erschöpft und er hatte in ihrem Gesicht wohl eine leichte Verzweiflung gesehen. Jedenfalls lenkte er ein und begann in großen gewundenen Bögen den Abhang hinunter zu klettern. Ganz wie beim Skifahren, dachte Gisela und setzte hinterher. Nach fünf weiteren Bögen war Wolfgang an der unteren Mulde angelangt und ließ den Rucksack fallen. Gisela beschloss ein wenig abzukürzen und begann größere Bögen zu laufen, was von Wolfgang mit dem ihm eigenen skeptischen Blick quittiert wurde. Er zog die Augenbrauen nach oben und kräuselte gleichzeitig die Nase. „Diese Bevormundung, als ob man mit seiner Mutter wanderte", dachte Gisela und hielt noch steiler auf Wolfgang zu, als sie ins Rutschen kam. Das Geröll unter ihren Füßen sauste wie eine kleine Lawine den Hang hinunter. Gisela verlor den Halt, knickte mit ihrem Fuß um, fiel auf ihren Po und rutschte die letzten sechs Meter den Hang hinunter, direkt vor Wolfgangs Füße.

Brennende Schmerzen an ihren Oberschenkeln, die das Geröll aufgeschürft hatte, ein stechender Schmerz im Fuß, der offensichtlich verstaucht war, und ihre bereits angeschlagene Konstitution bewirkten, dass Gisela in Tränen ausbrach. Wolfgangs Gesichtsausdruck, der zunächst ein „Habe ich es dir nicht gesagt?" beinhaltete, wechselt und machte einer echten Sorge Platz. Wenn Gisela weinte, musste es schlimm stehen. Er hockte sich zu ihr nieder und nahm ihre Hand. „Mach dir keine Sorgen, ich habe alles dabei", sagte er und begann in seinem Rucksack zu kramen. Er holte ein Handtuch, tauchte es ins Meerwasser und begann vorsichtig ihre Oberschenkel abzutupfen. „Meerwasser desinfiziert", sagte er. „Tut es doll weh?" „Es brennt ganz schön", stöhnte Gisela und beruhigte sich langsam. Vorsichtig begann Wolfgang ihren Schuh auszuziehen. „Am besten, du hältst den Fuß zum Kühlen ins Wasser", sagte er und half ihr auf den Rand eines Vorsprungs, von dem aus sie ihre Füße direkt ins Wasser halten konnte. Wolfgang zog ihr auch den zweiten Schuh aus und sie tauchte beide Füße ins Meer. „Aahh", dachte Gisela und ihre Körpertemperatur fiel um mindestens 5 Grad. „Nachher habe ich noch eine Salbe gegen die Verstauchung, die tragen wir auf", sagte Wolfgang. Er zog sich ebenfalls Schuhe und Strümpfe sowie das T-Shirt aus und setzte sich neben sie. Eine kleine Weile sagte niemand etwas. Gisela schaute ihn an. Gerührt, dass er sie so lieb versorgte, zeigte sie auf seinen Oberkörper „Den musst du noch einkremen, die Sonne brennt wie verrückt." „Habe ich doch längst", antwortete Wolfgang und dann mussten sie plötzlich beide lachen.

Wolfgang lächelte sie an. „Ich geh jetzt baden" sagte er dann zu ihrer Überraschung, zog sich Hose und Slip aus und hangelte sich über den Vorsprung nackt ins Wasser. Dort hörte sie ihn quietschen und prusten. „Komm rein, es ist herrlich" rief er enthusiastisch und schon schickte er eine Welle in ihre Richtung. Gisela grinste. Vorsichtig wegen ihrer Blessuren zog sie sich ebenfalls aus und tauchte langsam ins Wasser. Wolfgang hatte recht, es war herrlich. „Komm hierher, hier ist ein Becken", rief er und zeigte auf eine ausgewaschene Steinmulde, die unter Wasser lag.

„Du siehst wie eine echte Nixe aus", sagte er, als sie zu ihm hinüberschwamm, und umfasste zu ihrer und vielleicht auch zu seiner Überraschung ihren Körper mit beiden Händen, als sie in dem Becken anlandete, und zog sie fest zu sich heran. Sie schrie, als sie kam, Wolfgang war lautlos wie immer. Nachher schaukelten beide träge im Wasser. Gisela schaute nach Wolfgang, dessen Scheitel sich bedenklich rot zu färben begann. Eigentlich war er doch furchtbar lieb, so wie er sie umsorgt hatte. Und hatte er nicht beim zweiten Teil ihres Abenteuers die Initiative ergriffen? Nachher würde er ihr bestimmt vorsichtig den Hang hinaufhelfen. „Und der Wanderausrüstung für die Zukunft eine Bandage hinzufügen, falls sich mal jemand den Knöchel verstauchte", dachte Gisela, aber ihre Gedanken bewirkten nicht wie sonst, dass ihre Stimmung dem Nullpunkt entgegen sank, sondern breiteten sich wie ein warmes Tuch über ihrem Herzen aus.

Auf dem Rückweg ließ er sie vorangehen, damit sie das Tempo bestimmen konnte. Sie dachte darüber nach, wie sie sich geliebt hatten. Nicht schlecht für ein so langweiliges Paar. Und eigentlich hatte sich sein Hintern doch noch recht knackig angefühlt. Als sie sich kurz zu ihm umwandte, lächelten ihr Mund und ihre Augen. „Glaubst du, uns hat jemand gehört?", fragte sie. „Ach was", wehrte er grinsend ab, „die denken, eine Möwe hat geschrien".

Der Honigbär
(für Thorsten)

Als Jonas in das Wohnzimmer trat, erblickte er ihn sofort. Man
schrieb das Jahr 1976 und in der DDR war Honig nur zu
bekommen, wenn man einen Imker in der Verwandtschaft hatte
oder eine Verkäuferin. Beides traf auf Jonas nicht zu. Der
Honigbär stand direkt in der Mitte des rechteckigen Tisches,
den Tante Monika mit einem weißen Tischtuch und allerlei
Leckereien für das Frühstück liebevoll gedeckt hatte. Der Bär
war aus durchsichtigem Kunststoff und die goldgelbe
Honigfüllung funkelte im Sonnenlicht. Er hatte eine rote Haube
und war noch völlig unberührt. Jonas ging das Herz auf. Wie in
Trance setzte er sich. Allein das Wissen, dass er sich jetzt ein
Brötchen nehmen, dieses mit Butter bestreichen und dann ganz
langsam und vorsichtig mit echtem Honig beträufeln würde,
löste eine derartige Vorfreude aus, dass es der Tat schon gar
nicht mehr bedurfte, um ihm wohlige Schauer des Genusses
über den Rücken zu jagen.
„Meine Mutti hat dich was gefragt! Schon zum zweiten Mal!"
Die Stimme seiner Cousine Katja riss Jonas aus seinen
Träumen. Katja war drei Jahre älter, klein und hatte blonde
Zöpfe. Sie war ihm an Reaktionsvermögen und Intellekt weit
überlegen, was sie gern ausnutzte. Ihr Brötchen lag bereits
aufgeschnitten vor ihr und wurde eben mit Butter bestrichen.
„Nimmst du denn kein Brötchen?", fragte Tante Monika nun
und hielt ihm den Korb hin, was von Katja mit einem
Kopfschütteln quittiert wurde. „Nun lass Jonas doch!", sagte
Onkel Fritz, als sich Jonas ein Brötchen aus dem Korb nahm
und nun ebenfalls aufschnitt. Und während Onkel Fritz
berichtete, unter welchen widrigen Umständen er den Honigbär
bei einer Dienstreise nach Ungarn beschafft hatte, griff Jonas
nach dem Bären und ließ den Honig auf die Brötchenhälften
laufen. Danach stellte ihn Jonas auf seinen Platz zurück. Der

Honigpegel war bis zu den Bärenohren gesunken. Dann biss er in die erste Hälfte mit der Gewissheit eines Menschen, der den Genuss, der ihm bevorsteht, auch verdient hat. Der erste Bissen war wie erwartet wunderbar. Der süße Schmelz des Honigs vermischte sich mit dem Geschmack warmer Butter und dem des frischen, krossen Brötchens. Dies war Vollkommenheit, fand Jonas und gab sich ihr hin.

Fünf Minuten später war das Brötchen, wie es sich gehörte, in seinem Leib verschwunden und Tante Monika hielt ihm den Korb erneut hin. Jonas nahm ein zweites Brötchen, bestrich es mit Butter und griff langsam zu dem Honigbären. „Schon wieder Honig?" Katja schaute mit gerunzelter Stirn zu ihm herüber. Sie selbst hatte ihr Brötchen, und sie aß niemals mehr als eines, je zur Hälfte mit Schinken und Kochschinken belegt und sodann schnell und fast gierig gegessen, wobei sie mit ihren Eltern nebenbei noch irgendwelche Diskussionen über Probleme in ihrer Klasse geführt hatte. Nicht, dass Katja Probleme gehabt hätte. Sie hatte fast nur Einsen und war eine Vorzeigeschülerin. Allerdings etwas vorlaut. Jonas grinste in sich hinein. „Katja ist im Unterricht oftmals spontan und vorlaut", hatte in der schriftlichen Beurteilung in ihrem Zeugnis gestanden, das Katja ihm am ersten Tag seines Ferienbesuches bei Tante und Onkel unter die Nase gerieben hatte. Auf diesen Satz war sie fast stolz gewesen. Er selbst war in der ersten Klasse zurückgestuft worden und hatte seitdem zu kämpfen, dass möglichst keine Fünf auf dem Zeugnis stand. Nur in den Fächern Werken und Zeichnen konnte er mit einer Eins aufwarten. Sein Verstand war irgendwie wie dieser Honig; er floss stetig, aber langsam. „Egal", dachte Jonas, „nur nicht aus der Ruhe bringen lassen". Für ein perfektes Honigbrötchen brauchte es Konzentration und die richtige Technik. Geduldig zeichnete er daher mit dem Honigbären zunächst die Umrisse des Brötchens nach. Da es in der Mitte vertieft war, lief der Honig so gleichmäßig über die gesamte Fläche. Anschließend setzte Jonas noch einen Strich in die Brötchenmitte, um einen gleichmäßigen Honigüberzug zu gewährleisten. Er setzte den Bären, dessen Füllung nun noch bis zum Nasenansatz reichte, ab, betrachtete zufrieden sein Werk und seufzte tief. Was war eine Eins auf dem Zeugnis gegen die Vollkommenheit eines Honigbrötchens? Nichts!

Als Tante Monika ihm den Brötchenkorb erneut entgegen schob, insistierte Katja sofort. „Diesmal muss er aber etwas anderes nehmen!", verlangte sie und schaute sich bei ihren Eltern nach Verbündeten um. „Der Bär ist schließlich neu und soll noch lange und für alle reichen", unterstrich sie ihre Forderung und blickte Jonas herausfordernd an. Katja arbeitete gern und oft mit Gerechtigkeitsargumenten. Wer etwas nicht geteilt hatte, wer die ihm zufallende Arbeit nicht erledigt hatte, wer nicht fleißig genug gewesen war und so weiter und so weiter. Dabei wusste sie als Einzelkind gar nicht richtig, was Teilen bedeutete. Jonas selbst hatte zwei Geschwister und konnte ein Lied davon singen. Was nicht hieß, dass er nicht gern teilte. Er hatte seine Geschwister gern und gab ihnen oft sogar noch etwas von seinen Vorräten ab. Wenn sie sich dann freuten, war das auch irgendwie toll und ihm wurde ganz warm. Wie bei dem Genuss eines Honigbrötchens. Katja schaute immer noch streng zu ihm herüber. Dabei aß sie fast nie Honig. Trotzdem ließ Jonas die Hand, die in Richtung des Bären gewandert war, zunächst einmal sinken. „Also Katja, Jonas ist unser Gast!", wehrte Tante Monika ab, während Onkel Fritz ein bestätigendes „So ist es" hören ließ und ihm den Bären reichte. Jonas ergriff ihn wie einen rettenden Anker. Und obwohl Katja weiter lautstark protestierte, gelang es ihm, sich der Kunst der perfekten Präparierung von Honigbrötchen Nummer drei hinzugeben. Dann tauchte er erneut in die süße Welt der Vollkommenheit ein.

Als er wieder aufblickte, redeten Katja, Onkel und Tante gerade über eine politische Sendung aus dem Fernsehen. Alle

drei hatten nun ihr Frühstück beendet. Onkel Fritz rauchte, wobei er die Asche in sein leeres Frühstücksei schnippte. In solchen Momenten fühlte sich Jonas völlig fehl am Platze. Er hatte weder die Sendung gesehen, um die es ging, noch gelang es ihm, deren Thema zu erfassen. Und selbst wenn doch, hätte er niemals seine Gefühle oder Gedanken in Worte fassen können. Und schon gar nicht, wenn er Gefahr lief, von Katja sofort korrigiert oder, was noch schlimmer war, begönnert zu werden. Im Brotkorb lagen noch zwei Brötchen und der Bär war noch bis zur Nasenmitte mit Honig gefüllt. Sehnsüchtig schaute Jonas zu ihm herüber. Warum es die eigentlich so selten gab? Bienen gab es doch schließlich auch genug. Tante Monika fing seinen Blick auf. „Komm Jonas, du bist in den Ferien!" Mit diesen Worten hielt sie ihm den Brötchenkorb erneut hin. Eigentlich war er schon ziemlich satt, aber einen Genuss wie diesen bekam man nicht alle Tage vorgesetzt und deshalb griff Jonas erneut zu. „Zuviel Süßes zu essen, ist übrigens total ungesund!", erklärte Katja nun im Brustton der Überzeugung und ließ einen strafenden Blick über ihn schweifen, den ihre Eltern den Erzieherblick nannten. „Dann wirst du ganz fett und aufgeschwemmt und krank", prophezeite sie und verschränkte die Arme. Unschlüssig sah sich Jonas auf dem Tisch um. Sollte er doch etwas Schinken nehmen oder die Kirschkonfitüre von Tante Monika probieren? „Ach was, ein richtiger Junge kann auch einmal vier Honigbrötchen essen!", kam ihm Onkel Fritz zu Hilfe. Er stellte den Bären vor ihn hin, blickte ihn aufmunternd an und enthob ihn damit jeder weiteren Entscheidung. Ein letztes Mal an diesem Morgen beträufelte Jonas ein frisches, knuspriges, buttergetränktes Brötchen sorgsam gleichmäßig mit Honig und gab sich dessen Genuss Bissen für Bissen hin, während Katja über seine angehende Fett- und Zuckersucht lamentierte.
„Na, reicht es?", fragte Tante Monika kurze Zeit später strich ihm über das Haar und räumte das Geschirr in die Durchreiche.

Jonas nickte selig. Schließlich sollte ja morgen auch noch gefrühstückt werden. „Morgen isst du aber etwas anderes, höchstens ein Honigbrötchen!", verlangte Katja prompt, als hätte sie seine Gedanken gelesen. „Und jetzt gehen wir Mathe üben!", bestimmte sie munter weiter und stürmte bereits in ihr Zimmer, um die Utensilien, die ihn zu einem wenigstens durchschnittlichen Mathematikschüler machen sollten, zusammenzusuchen. „Puh!", dachte Jonas. Und weil er nicht wusste, ob Katja ihr Erziehungsprogramm am morgigen Tag durchsetzen würde und Tante Monika und Onkel Fritz das Wohnzimmer schon verlassen hatten, nahm er den Honigbären noch einmal in die Hand und ließ vorsichtig eine Linie Honig auf seinen linken Zeigefinger laufen. Er setzte den Bären ab und schleckte den Finger gründlich sauber. Dann fühlte er sich stark genug, Katja ins Kinderzimmer zu folgen.

Das Rotkehlchen
(für Susanne)

Man sagt, jedes Tier hat genau wie jeder Mensch eine Seele und
ist so mit dem Universum verbunden, und dadurch wir alle
miteinander. Wenn wir in unserem Leben an einer Gabelung
stehen und der weitere Weg unklar ist, erscheint manchmal ein
Tier, um uns den rechten Pfad zu weisen. Diese Tiere nennt man
Krafttiere. Dabei hat jedes Tier eine seinem Wesen
entsprechende eigene Bedeutung. Die meisten Menschen wissen
dies nicht. Sie sind lediglich erstaunt, wenn sich auf ihrem
Grundstück ein Fuchs sehen lässt, entzückt, wenn bei einem
Spaziergang plötzlich Silberreiher in unmittelbarer Nähe nieder
gehen, oder verwundert, dass schon zum zweiten Mal ein Falke
auf dem Dach ihres Hauseinganges sitzt, obwohl sie in einem
Wohnblock inmitten der Großstadt wohnen. Sie ahnen nicht, dass
diese Tiere eine Aufgabe haben und dass sich ihr Leben
verändern wird. Wenn sie es zulassen.

An einem klaren, aber kühlen Apriltag bekam Hans, ein
Rotkehlchen, das irgendwo im Norden von Deutschland auf dem
Land lebte, einen Ruf. Das Rotkehlchen hieß natürlich nicht
wirklich Hans, sondern hatte einen viel komplizierteren Namen,
den man nur aussprechen kann, wenn man eine Vogelkehle hat.
Hans war bereits fünf Jahre alt, was für ein Rotkehlchen ein
stattliches Alter darstellt. Die meisten seiner Artgenossen
überleben das erste Lebensjahr nicht, weil Rotkehlchen viele
natürliche Feinde haben. Überstehen sie jedoch das gefährliche
erste Jahr, können sie auf Grund ihrer Standfestigkeit und
Klugheit bis zu zwanzig Jahre alt werden.
Hans war gerade mit seiner neuen Partnerin, seine letzte war
während des Winters verstorben, in der Balz, die bereits mit dem
Nestbau einhergeht, und deshalb schwer beschäftigt. Dennoch

hörte er den Ruf deutlich und das Bild der Person, der er sich zeigen sollte, tauchte klar vor seinem geistigen Auge auf. Es war eine Frau, die Hans gut kannte. Sie hieß Susanne, hatte braune, halblange Haare und lebte mit einem Mann und zwei Kindern in einem nahegelegenen Dorf. Vom Beginn des Frühjahrs an bis zum ersten Schnee arbeitete sie viel in ihrem großen Garten, wo sie Obstbäume, Stauden und Kräuter ungeordnet in Hülle und Fülle anbaute. Deshalb war dieser Ort ein Paradies für Vögel, das Hans immer gern aufsuchte, zumal Susanne im Winter niemals vergaß Vogelfutter zu streuen. Auch im Wald und auf den bei dem Dorf gelegenen Wiesen hatte Hans Susanne schon gesehen, wie sie Kräuter oder Beeren sammelte.

Den Ruf hatte Hans zum ersten Mal im Verlauf seines zweiten Lebensjahres verspürt und er hatte ihn mit Stolz erfüllt, denn nicht jedes Rotkehlchen wird zum Krafttier erwählt. Hans wusste auch, was die meisten Menschen nicht wissen; das Erscheinen eines Rotkehlchens bedeutet Abschied und Neuanfang.

Trotz seiner vielen Arbeit machte sich Hans sogleich auf den Weg zu Susannes Garten. Einen Ruf schob er niemals auf die lange Bank. Auf dem Rückweg konnte er vielleicht ein paar kleine Federn von den Hühnern, die in Susannes Dorf lebten, mitbringen. Nach einem zehnminütigen Flug ging Hans in Susannes Garten nieder. Er setzte sich auf den Ast eines in voller Blüte stehenden Apfelbaumes und putzte sein Gefieder. Ein Krafttier zeige sich von seiner besten Seite, sagte er sich. Dann spähte er in den Garten. Susanne grub gerade ein Beet um, wobei sie den Spaten tief einstach und die Scholle dann sorgsam auf die Seite packte. Neben ihr lagen weitere Gartengeräte, darunter eine Harke, und Blumenzwiebeln. Frischauf ans Werk, dachte sich Hans und flog zu Susanne nieder.

Er setzte sich auf eine gerade zur Seite gelegte Scholle und tirilierte.

Verwundert schaute Susanne auf. „Ein Rotkehlchen, so wunderschön und nah", dachte sie und wollte eben weiter graben, als Hans sich auf die Schaufel des Spatens setzte und erneut einen Gesang hören ließ. Nun war Susanne wirklich erstaunt. Sie war es durchaus gewohnt, dass sich Vögel in ihrer Nähe aufhielten. Schließlich war sie oft im Garten und sie glaubte fest, dass die Tiere ihre Liebe zur Natur spüren konnten. Aber so nah? Und das Rotkehlchen ging überhaupt nicht weg! Jetzt flog es zu ihren Füßen herum, auf und nieder, links und rechts, dass es wie ein regelrechter Tanz aussah. Dazu tschilpte und tirilierte es aus voller Kehle. Susanne dachte zunächst das, was die meisten Menschen in diesem Fall denken:"Das glaubt mir kein Mensch!" Dann wurde sie unsicher. Was wollte der Vogel? Doch! Klar! Sie auf etwas aufmerksam machen! Aber worauf nur? Susanne sah sich im Garten um. Alles war wie immer; nichts Ungewöhnliches.

Hans hatte nunmehr Susannes Füße mehrfach umkreist und beschloss ihr zu guter Letzt auf die Schulter zu fliegen, da er die Frau sehr mochte. Er flog auf und setzte sich auf Susannes rechte Schulter, woraufhin diese zur Salzsäule erstarrte.

Susanne fühlte sich, als habe man ihr einen Orden verliehen. So ein wunderschöner Vogel und er saß vertrauensvoll auf ihrer Schulter. Komischerweise hatte sie das Gefühl, das Rotkehlchen blicke sie ernst an. Aber das war natürlich Unsinn. Rotkehlchen können nicht ernst blicken. Sie blicken immer gleich! Oder doch nicht? Nachdem Susanne und Hans ein, zwei Minuten so gestanden hatten, ließ der Vogel nochmals einen kleinen Gesang ertönen, erhob sich in die Lüfte und verschwand. Susanne schaute ihm nach. Dann machte sie sich wieder an die Arbeit. Aber obwohl ihr die Gartenarbeit wie immer gut von der Hand ging, war sie mit den Gedanken nicht ganz bei der Sache. Immer wieder umkreisten sie das Erscheinen des Rotkehlchens. Irgendein Gedanke, den sie nicht zu fassen bekam, spukte in ihr herum.Susanne seufzte, es hatte keinen Zweck. Sie beendete ihre Arbeit, räumte die Geräte weg und betrat ihr Haus. Der Anrufbeantworter blinkte, als sie den Flur betrat. Als sie ihn einschaltete, ertönte die Stimme ihrer Freundin Claudia. „Ich habe einen Job für dich", rief diese enthusiastisch. „Einen Dozentenjob, eine Vortragsreihe wilde Kräuter finden und anwenden! Bei uns an der Fachhochschule. Zunächst einmal für die Sommerakademie, aber wenn es gut läuft, wollen wir eine normale Vorlesereihe draus machen! Ruf mich unbedingt zurück!". Susanne erschrak. Ihre ganze Gestalt, die eben noch Energie und Lebensfreude ausgestrahlt hatte, fiel in sich zusammen. Claudia war Dozentin an der in H. gelegenen Fachhochschule für Natur und Umwelt, die sich unter anderem mit der Rückkreuzung überzüchteter Pflanzen und der Wiederentdeckung und Nutzung wilder Kräuter und Früchte beschäftigte. In den letzten Monaten hatte sie immer wieder mal davon gesprochen, dass sie, Susanne, ein Quell des Wissens sei, den man erschließen müsste. Susanne hatte eigentlich gar nichts dazu gesagt, sondern nur unverbindlich gelächelt. Allein bei dem Gedanken, vor mehreren Menschen sprechen zu müssen, bekam sie Panik und all ihr Wissen über Pflanzen schien sich in Nichts aufzulösen, so dass sie die einfachste Frage nicht hätte beantworten können. Das war schon so gewesen, soweit Susanne denken konnte. In der Schule hatte sie sich niemals gemeldet und, wenn der Lehrer sie doch dran nahm, kam sie meist ins Stottern und wusste nichts. Nur ihre guten schriftlichen Leistungen hatten ihr ein mittelmäßiges Zeugnis beschert. Ihre Mutter, die immer mit dem Mund vorneweg war und mit ihren Unterhaltungskünsten einen ganzen Saal hätte füllen können war von ihr enttäuscht gewesen, was sie sie immer wieder spüren ließ. Selbst bei einer Eins in einer Mathematikarbeit hatte ihr Lob so geklungen, als habe sie diese zufällig oder ungerechtfertigt bekommen. Deshalb hatte sich Susanne ein Leben eingerichtet, in dem ihr fehlendes Selbstbewusstsein möglichst wenig auffiel. Sie hatte die Buchhaltung des Antiquitätengeschäftes ihres Mannes übernommen, die sie zu Hause in ihrem Büro erledigte. Ansonsten betreute sie Max und

Johanna, ihre Kinder, und kümmerte sich um Haus und Garten. Die Kinder und der Garten waren der Teil ihres Lebens, in dem sie sich wirklich lebendig und frei fühlte. Hier war sie sicher und sie selbst. Susanne seufzte erneut. Was sollte sie nur tun? Sie nahm sich eine Tasse Kräutertee, setzte sich in ihren Schaukelstuhl und dachte nach.

Hans war stolz auf sich. Der Kontakt mit Susanne war extrem stark gewesen, die Botschaft deutlich. Und mit dem befriedigenden Gefühl, etwas Gutes geleistet zu haben, bog er auf den Hühnerhof ab, wo er sich zunächst einige Körner schmecken ließ, bevor er ein paar kleine Federn auflas und zu seinem Nest zurückflog.

Es war Mai geworden und Hans und seine Angebetete hatten mit der Fütterung der Jungen alle Schnäbel voll zu tun. Gerade als Hans mit einem großen Wurm das heimische Nest ansteuerte, erhielt er erneut einen Ruf. „Puh, schon wieder?", dachte er und hätte, wäre er ein Mensch gewesen, vielleicht sogar geseufzt. Denn einem Ruf zu folgen kostete ihn mindestens eine halbe Stunde Zeit, während im Nest Frau und die Jungen auf Futter warteten. Deshalb stopfte er den Wurm schnell in den Schlund seiner Frau, die ihn zerkleinern und an die Nachkommen weitergeben würde, und flog wieder davon. Schon nach kurzer Zeit hatte er erneut eine fette Raupe erwischt und brachte sie zum Nest. So, dachte er, die Jungen sind erst mal versorgt. Ein bisschen verwundert war er schon, so zeitnah erneut einen Ruf bekommen zu haben. Normalerweise kam das höchstens zwei- bis dreimal im Jahr vor. Die meisten Menschen änderten ihr Leben sowieso nicht, wenn er oder ein anderes Rotkehlchen erschien. Sie erzählten ihrer Familie oder ihren Freunden von dem ach so niedlichen Vogel und das war es. Hans wusste das, denn er hatte die Menschen, denen er sich gezeigt hatte, danach gelegentlich noch einmal aufgesucht. Von den neun Malen, in denen er Menschen auf sich aufmerksam gemacht hatte, waren nur bei Zweien Veränderungen zu spüren gewesen.

Und jetzt mitten in der Fütterungszeit ein Ruf! Was Hans aber am meisten irritierte, war, dass er erneut Susanne aufsuchen sollte. Er hatte sich ihr doch deutlich gezeigt und sogar auf ihrer Schulter gesessen. Das war doch eine klare Botschaft gewesen, dachte er sich. Wenn sie die Botschaft nicht verstanden hatte, nun gut. Da war sie ja nicht die erste. Sollte der Ruf etwa bedeuten, er habe seine Sache nicht gut gemacht? Er überdachte schnell seinen gesamten Auftritt. Nein also wirklich! Nun, alles Grübeln brachte ihn nicht weiter. Deshalb spannte er die Flügel und flog in Richtung von Susannes Dorf.

Susanne wischte gerade den Rahmen des Terrassenfensters sauber, als Hans eintraf. In dem vergangenen Monat war ihr bis dahin fest eingerichtetes Leben etwas aus den Fugen geraten. Zuerst war alles nach ihrem Plan gegangen, den sie sich nach Claudias Anruf am Küchentisch zurecht gelegt hatte. Sie hatte ihrer Freundin erklärt, dass sie sich zeitlich überfordert fühlte, aber bereit sei, die entsprechende Vortragsreihe auszuarbeiten und ihr, Claudia, zur Verfügung zu stellen. Diese hatte sich zunächst auch einverstanden erklärt. Aber dann hatten ihre Kinder und ihr Mann mitbekommen, dass sie zur Gastdozentin auserwählt worden war, und waren begeistert. Prompt hatten alle drei gemeint, sie würden sie selbstverständlich im Haushalt unterstützen und dass sie das Angebot auf keinen Fall ausschlagen sollte. „Dann kommst du hier mal raus, Mutti, das ist doch toll!", hatte ihre Tochter Johanna gemeint. „Notfalls lassen wir uns eine Putzfrau kommen", hatte Lutz, ihr Mann eingewandt, als sie versucht hatte zu erklären, dass sie quasi unabkömmlich im heimischen Haushalt sei. Sie hatte sich einfach nicht getraut, den dreien zu sagen, dass sie einfach Angst davor hatte, vor Leuten zu sprechen. Und sogar noch vor Studenten. Die waren doch besonders kritisch. Lutz und die Kinder hatten natürlich keine Ahnung, wie es in ihr aussah. Klar, sie wussten, dass sie schüchtern war, aber wie weit ihre Paranoia

reichte, hatte sie noch niemals durchblicken lassen. Das war
bisher auch nicht notwendig gewesen. Und jetzt das. Susanne
stöhnte. Sie hatte die Wahl, sich zu bekennen, und damit vor
Mann und Kindern und natürlich sich selbst als Versager
dazustehen oder den Job anzunehmen und am ersten Tag in der
Hochschule zu versagen. Wie sie es auch drehte und wendete, sie
fand einfach keinen Ausweg. Mechanisch begann sie die
Fensterscheiben einzuseifen. Vielleicht sollte ich mich krank
schreiben lassen, überlegte sie gerade, als ihr Blick auf Hans fiel,
der sich auf dem Fensterrahmen niedergelassen hatte. Susanne
fuhr zusammen. Das Gefühl, das sich in ihr breit machte, konnte
sie nur als schlechtes Gewissen bezeichnen, als hätte sie etwas
Unrechtes getan. Wie kam das Rotkehlchen hierher?
Ausgerechnet auf ihre Fensterbank? Ohne dass es ihr jemand
hätte sagen müssen, wusste Susanne, dass es genau dasselbe
Rotkehlchen war, was ihr an dem Tag, an dem der Anruf von
Claudia gekommen war, im Garten begegnet war. Susanne starrte
das Rotkehlchen an. Das war doch irgendwie unwirklich und
auch ein bisschen unheimlich.
Als Hans sich der Aufmerksamkeit von Susanne sicher war, flog
er zunächst auf den Rand ihres Wischeimers und blickte sie an.
Danach landete er wieder auf dem Fensterbrett, wo er hin und
her zu laufen begann, wobei er Susanne mahnende Blicke
zuwarf. Zu tirilieren gab es hier nichts mehr, fand Hans. Hier war
eindeutig Strenge angesagt. Und siehe da, die Frau hatte die
Augen ängstlich aufgerissen und die Hände, die das Wischtuch
hielten, zitterten ein wenig. Hans flog erneut auf den Rand des
Wischeimers. Jetzt tat Susanne ihm fast leid. Deshalb flog er
kurz auf ihre Hand, zwitscherte und flog einen weiteren Kreis
über ihrem Kopf. So, das wäre es, dachte er, diese Botschaft ist
eindeutig. Er hatte auch gespürt, dass es in Susanne mächtig
arbeitete. Ihre Energie wirbelte wie wild. Also an mir liegt es nun
nicht mehr, dachte er, tschilpte noch einmal und trat zufrieden
den Heimweg an, wobei er nach weiteren Würmern Ausschau

hielt.

Das unheimliche Gefühl, das Susanne bei dem Erscheinen des Rotkehlchens ergriffen hatte, hielt auch an, nachdem es verschwunden war, und bewirkte, dass sie den Wischeimer Wischeimer sein ließ. Sie lief geradewegs ins Arbeitszimmer und fuhr ihren Laptop hoch. Rotkehlchen und ungewöhnliche Begegnung gab sie in die Suchmaske ein. Das zweite Suchergebnis lautete: „Tierboten, was uns Begegnungen mit Tieren sagen". Ah und da schamanische Krafttiere. „Rotkehlchen, steht für Abschied und Neuanfang" las sie und ihr wurde noch unheimlicher zu mute. Woher wusste das Rotkehlchen, was mit ihr los war? Es hatte sie ja quasi aufgefordert. Ja, ja, aufgefordert, die Herausforderung anzunehmen. Gedankenversunken klappte Susanne den Laptop zu und ging zum Fenster zurück. Dann schüttelte sie den Kopf. Das war doch alles Unsinn, was sie sich hier zusammenreimte. Sie war ja schon hysterisch! Oder doch nicht? Nun ja, jetzt war Mai und der erste Vortrag sollte im Juli im Rahmen der Sommerakademie für Interessierte gehalten werden. Das waren noch zwei Monate, in denen ihr etwas einfallen konnte um das Problem zu lösen. Energisch putzte Susanne die Fenster zu Ende. Aber inmitten der hin und her wandernden Gedanken und auch in den folgenden Wochen tauchte das Rotkehlchen vor ihrem geistigen Auge auf – und sah sie ernst an.

Am Morgen des sechsten Juli wachte Susanne übernächtigt und sorgenvoll auf. Das Wetter war dem Anlass entsprechend kühl und regnerisch.In den vergangenen zwei Monaten hatte sie zwar die gewünschten Vorträge ausgearbeitet, aber es war ihr nichts eingefallen, wie sie sich hätte aus der Affäre ziehen können. Nur einmal hatte Lutz eine Ferienreise vorgeschlagen, deren Buchung ihr zumindest die Sommerakademie erspart hätte. Aber anstatt einzuwilligen – Lutz hatte offensichtlich nicht an ihre Julitermine gedacht – hatte sie sich sagen hören „Das geht leider nicht, da habe ich doch die vier Julivorlesungen". Hinterher war sie sicher gewesen, die Worte wären zwar aus ihrem Munde gekommen, aber von einer völlig fremden Person ausgesprochen worden. Und dann war die Chance vorbei gewesen und eine andere hatte sich nicht geboten.

Susanne stieg langsam aus dem Bett. Ihr Körper fühlte sich wie Gummi an. Am Vorabend hatten Kinder und Mann ihr im Chor alle Gute gewünscht und einen Talisman geschenkt, eine Schnatterente. „Damit dir das Reden leichtfällt, Mutti", hatte Johanna gerufen und Max hatte ihr auf den Rücken geklopft und „wird schon, wird schon" gemurmelt. Lutz hatte eine Überraschung gehabt. „Ich gehe morgen zwei Stunden später los, da kann ich dich hinfahren!", hatte er gesagt und gestrahlt. „Am ersten Tag bist du bestimmt etwas nervös.". Nervös war die Untertreibung des Jahrhunderts. Und damit hatte Lutz ihre letzte, natürlich völlig dämliche Hoffnung, sie würde sich verlaufen oder der Bus würde nicht fahren, zunichte gemacht. Nachdem sich Susanne durch das Bad gequält hatte, saß sie nun am Frühstückstisch und bekam, wie zu erwarten, keinen Bissen herunter. Die Kinder waren aus dem Haus gegangen und hatten noch „toi, toi, toi" gerufen. Lutz sah von seiner Zeitung auf. „Aber du hast ja gar nichts gegessen", sagte er und lächelte milde „aufgeregt?". „Na komm", sagte er, „sie werden dich schon nicht fressen". Er zog sich seinen Mantel an und hielt ihr ihre Jacke und die bereits fertig gepackte Tasche hin. Willenlos ließ sich Susanne in die Jacke helfen und in Lutz' Auto schieben. Als er vor dem Hochschulkomplex anhielt, reckte er beide Daumen in die Höhe und sie stieg wie in Trance aus. Es regnete heftig, aber Susanne fühlte sich kraftlos, zu kraftlos um den Schirm, der in ihrer Tasche lag, herauszuholen und aufzuspannen. Hier stand sie nun, und die Katastrophe, auf die sie seit drei Monaten unaufhaltsam zugesteuert war, musste eintreten. Nachdem sie eine Weile so gestanden hatte, waren ihre Haare pitschnass und das Wasser lief in kleinen Bächen an ihrer Jacke hinunter auf ihre

Stiefel, die bereits durchzuweichen begannen. Susanne ging
langsam in die Vorhalle des Universitätsgebäudes, wo ihr
aufgeregt ihre Freundin Claudia entgegenkam. „Oh Gott, was ist
denn mit dir passiert, hast du keinen Schirm dabei?", rief sie,
schien aber keine Antwort zu erwarten. Stattdessen schob sie
Susanne eifrig redend in Richtung Hörsaal. „Also wir sind so gut
wie voll", berichtete sie, „ich habe dir doch gesagt, das Thema ist
gefragt! Wer weiß heutzutage noch etwas über Wildpflanzen und
Kräuter, wo man alles, was man benötigt, im Internet findet?
Niemand! Aber viele wollen dieses Wissen wieder erwerben,
denn nur bei Zutaten, die du selbst sammelst, kannst du sicher
sein, was du bekommst. Du weißt ja, was heutzutage alles
zusammen gemixt wird. Und dann steht noch BIO drauf",
schwadronierte sie ohne Punkt und Komma.
Als Susanne den Hörsaal, betrat, nahm ihr Claudia die Jacke ab.
Dann stellte sie Susanne den Studenten und sonstigen
Interessierten, die gekommen waren, vor. „Dies ist meine
Freundin Susanne Wendland", begann Claudia. „Seit fünfzehn
Jahren hat sie sich mit Wildpflanzen und Kräutern beschäftigt.
Sie benutzt sie zum Kochen, zum Heilen und für die Seele", fuhr
sie fort. „Deshalb ist jeder Besuch bei ihr zu Hause eine
Offenbarung, die ich heute mit euch teilen möchte. Dabei
wünsche ich euch Spaß und viele neue Erkenntnisse". Während
die Anwesenden höflich applaudierten, verließ Claudia den
Hörsaal um ein Handtuch aufzutreiben; „Damit du dir
wenigstens die Haare abrubbeln kannst", und Susanne stand
allein da. Um irgendetwas zu tun, trat sie an das Rednerpult und
räusperte sich. Ihr Kopf war ein reines Vakuum. Wie war sie bloß
hier hinein geraten. Susanne hielt den Kopf gesenkt und in ihren
Ohren begann es zu rauschen. Warum kann ich nicht einfach in
Ohnmacht fallen, dachte sie, aber es passierte nichts. Absolute
Stille herrschte im Saal. Gleich würden die Leute anfangen zu
tuscheln und unruhig zu werden, schoss es ihr durch den Kopf.
Statt dessen ertönte die Stimme eines jungen Mannes. „Sie

werden sich ganz schön erkälten mit den nassen Haaren", sagte er, „aber da gibt es bestimmt irgendwelche Kräuter dagegen!?" „Ich bevorzuge eine Mischung aus Holunder, Lindenblüte, Spitzwegerich und Gundermann", erwiderte Susanne automatisch. „Allerdings baue ich einer Erkältung schon durch pflanzliche Immunisierung vor. Dabei verfahre ich wie folgt." Ehe sie es sich versah, hatte sie einen kleinen Vortrag zum Thema „Pflanzen und Kräuter bei Erkältungen und deren Wirkung auf das Immunsystem" gehalten und hielt gerade inne, als Claudia mit dem Handtuch zurückkehrte. Susanne rubbelte sich den Kopf und zog unschlüssig ihre Vorbereitungen aus der Tasche. Vorsichtig hob sie den Kopf, blickte zunächst jedoch nicht ins Publikum, sondern zum Fenster. Dort saß das Rotkehlchen.

Hans hatte nach seiner letzten Begegnung mit Susanne gemeinsam mit seiner Frau die erste Brut erfolgreich großgezogen. Nun bebrütete diese den zweiten Nachwuchs des Jahres, wodurch Hans eine kleine Verschnaufpause blieb, wenn er seine Frau nicht am Nest ablösten musste. Hin und wieder hatte er an Susanne gedacht. Ob sie den Ruf wohl beherzigt hatte? Am heutigen Tag war er irgendwie unruhig gewesen und hatte nur halbherzig nach Futter Ausschau gehalten, obwohl er die Brutphase sonst dazu nutzte, seine Kraftreserven möglichst gut aufzufüllen. Immer wieder sah er das Bild von Susanne vor sich, wie sie auf dem Fensterrahmen hockte. Irgendwie war sie ja so etwas wie sein Schützling. Eigentlich war er sogar für sie verantwortlich, oder etwa nicht? Und obwohl Hans nichts, aber auch gar nichts verspürt hatte, was als ein Ruf gelten konnte, hatte er sich zu Susanne auf den Weg gemacht. Als er an ihren Haus angekommen war, hatte er gerade noch Zeit gehabt, sie in ein Auto steigen zu sehen. Glücklicherweise war dieses nicht weit gefahren. Hans hatte schnaufend auf einem Baum an der Universität gehockt und gesehen, wie Susanne nassregnete. Dann war sie im Gebäude verschwunden und er hatte eine Weile gebraucht, um das Fenster zu finden, durch das er Susanne sehen konnte. Sie hatte eine Weile an einem Pult gestanden und sah nun zu ihm herüber.

Susanne stiegen die Tränen in die Augen, warum, hätte sie selbst nicht sagen können. Aus ihrer Kehle löste sich ein kleiner Schluchzer und plötzlich fühlte sie sich entspannt. Sie hob den Blick ins Publikum. Die Gesichter sahen erwartungsvoll und interessiert aus. Als Susanne wieder zum Fenster schaute, war das Rotkehlchen noch da. Sie griff zu ihrem Manuskript und hatte für kurze Zeit das Bedürfnis „danke" in Richtung des Rotkehlchens zu rufen. „Aber das würde mich vermutlich noch wunderlicher erscheinen lassen", ging es ihr durch den Kopf. Auf der anderen Seite erwarteten die Leute von einer Frau, die seit Jahren Kräuter sammelte, wohl, dass sie ein wenig wunderlich ist, dachte Susanne und lächelte. Und während sie ihre erste Vorlesung hielt, flog Hans zufrieden und stolz davon. Ein Krafttier wie ihn gab es schließlich nicht alle Tage.

Der Hund

Wie Inge erwartet hatte, war der Hund hässlich. Er hatte einen gedrungenen, fast eckigen Körper, der auf vier relativ kurzen leicht krummen Beinen ruhte. Sein Fell war kurz, ein schmutzig-weißer Teppich mit schwarzen Flecken. Der Kopf schien viel zu groß für den Körper zu sein und wurde von zwei winzigen dreieckigen Felllappen geziert, die die Bezeichnung Ohren kaum verdienten. Gekrönt wurde die Erscheinung durch zwei hervorquellende Augen und eine kurze Schnauze, an der die Lefzen leicht herabhingen und die daher ständig das Gefühl vermittelte, der Hund würde gleich sabbern. Wahrscheinlich wohnte der schon ewig im Tierheim. „So einen Hund nimmt doch keiner!", dachte Inge. Sie selbst war ja auch nicht freiwillig hier.

Schuld war ihre Nachbarin, die Trulle. Inge lebte seit zwanzig Jahren in einem kleinen Block am Rande von Z., in dessen zweitem Stock sie allein eine Zwei-Zimmer-Wohnung bewohnte. In der anderen Wohnung gegenüber hatte bis vor einem Jahr ein älteres Ehepaar gewohnt. Dieses war von Inge stets als unproblematisch eingestuft worden. Die Leute machten keinen Lärm, wischten regelmäßig den Treppenabsatz und grüßten höflich. Nachbarn wie aus dem Bilderbuch. Kaum Kontakt, kein Stress. Nachdem der Ehemann jedoch verstorben war, war die Frau ausgezogen und die Wohnung war wieder vermietet worden. Und damit hatte der Ärger angefangen. Diese Trulle war eingezogen. Allein mit drei Söhnen. Der älteste Sohn war ganz offensichtlich missraten. Er stritt laut mit seiner Mutter, drehte die Musikanlage gerne bis zum Anschlag auf und lungerte oft mit anderen Halbstarken vor dem Wohnblock rum, wobei diese nichts anders zu tun hatten als zu rauchen, Bier zu trinken und vorbei gehende Leute anzupöbeln. Inge hatte keine Kinder, aber auf solche konnte sie jederzeit verzichten. Der jüngste Sohn war offensichtlich nicht ganz dicht. Er sah fast immer zu Boden und

wiegte sich vor und zurück oder betrachtete mit größter
Aufmerksamkeit seine Hand. Außerdem hatte sie beobachtet,
dass er sich nicht anfassen ließ, sondern sofort in eine starre
Haltung fiel. Der mittlere Sohn wiederum war eine reine
Nervensäge. Ständig redete er in dreifachem Tempo auf seine
Mutter und seine Brüder ein, egal ob diese antworteten oder
nicht. Außerdem versuchte er Inge, sobald er ihrer ansichtig
wurde, in ein Gespräch zu ziehen. Das fehlte ihr gerade noch.
Die Trulle war offensichtlich komplett überfordert. Ständig lagen
Schuhe, offensichtlich ausrangierte Gegenstände oder Spielzeug
im Treppenflur, der natürlich nie gewischt wurde, es sei denn
von ihr selbst. Gelegentlich nahm Madame zwar den Besen in
die Hand, aber dann gab es wieder lautstarke Streitigkeiten, wer
was aus dem Treppenflur wegzuräumen hatte, und am Ende fegte
die Trulle unter Gestöhne und Lamento fünf Minuten lustlos
herum. Das Ergebnis war dann auch danach.
So war es auch zu der Auseinandersetzung gekommen,
deretwegen sie jetzt hier im Tierheim gelandet war und fünfzehn
Sozialstunden abzuleisten hatte. Inge hasste Unordnung. Ihrer
Meinung nach konnte man sein Leben nicht im Griff haben,
wenn nicht alles sauber und zuverlässig an seinem Platz war und
wenn man die Dinge, die zu erledigen waren, nicht in einem
vernünftigen Tagesplan aufteilte. Nachdem sie ein halbes Jahr
lang mindestens ein- bis zweimal die Woche mit lautstarker
Musik oder Geschrei überzogen worden war, wobei Klingeln in
den meisten Fällen nichts half, da gegenüber nicht geöffnet
wurde, und nachdem die Treppenreinigung drei Mal
hintereinander entweder ganz ausgefallen war oder in einem
Herumfegen um diverse Gegenstände bestanden hatte, hatte sie
die neue Nachbarin beim Nachhausekommen abgepasst. Sie
hatte ihr klipp und klar gesagt, welches Verhalten sie in Zukunft
erwartete, und gedroht, andernfalls an den Vermieter zu
schreiben. Wenn das so weiter gehe, hatte sie gesagt, werde die
entzückende Familie wohl ausziehen müssen. Die Trulle war

offensichtlich schon genervt gewesen, als sie mit einem Roller am Arm und einem Einkaufsbeutel die Treppe herauf gekeucht war. Unten im Hausflur hatte ein Kind gebrüllt. Ihre Frisur, ein nachlässig zusammengeraffter Pferdeschwanz, war bereits in Auflösung begriffen gewesen und ein ausgewaschenes T-Shirt, das über ihren dicklichen Körper schlabberte, hatte Auskunft über die Speisen der letzten Mahlzeit gegeben. „Was wollen Sie? Was wollen Sie?", hatte die Trulle gebrüllt, war zu ihr herangetreten und hatte ihren wogenden Busen gegen ihren Körper gepresst. Von so etwas ließ sich Inge grundsätzlich nicht ins Bockshorn jagen. „Sie haben sich an die Regeln zu halten wie wir alle!", hatte sie zurück gebrüllt und bemerkt, dass der Älteste sein aggressives Auftreten wohl von der Mutter habe, die offensichtlich nicht in der Lage sei, mit Kritik umzugehen. Dann hatte ein Wort das andere gegeben und schließlich war es zu einem Handgemenge gekommen, in dessen Verlauf sie der Trulle ordentlich eine gescheuert hatte. Eigentlich schlug Inge niemals. Die Ohrfeige mitgerechnet war es ihr insgesamt nur zweimal passiert, dass sie sich vergessen hatte. Aber als die Trulle sie als einsame vertrocknete Vettel bezeichnet hatte, die keine Freunde habe und die niemand wollte, hatte sie die Nerven verloren. In Wirklichkeit hatte die Trulle noch ein ganz anderes Wort benutzt, aber dieses gestattete sich Inge nicht einmal zu denken. Sie war kein Geistesriese, gewiss nicht, aber sie besaß Anstand und griff niemals zu derartigen Schimpfwörtern. Trulle war das Äußerste. Der Gipfel des Ganzen war gewesen, dass die Trulle, die selber nichts auf die Reihe bekam, Anzeige gegen sie erstattet hatte wegen Körperverletzung. Sie, Inge Hansen, die sich in ihrem Leben noch nichts hatte zu Schulden kommen lassen, worauf sie ungemein stolz war, und der jede Begegnung mit den Behörden ein Gräuel war, musste zur Polizei. Dort hatte sie denen erst einmal klargemacht, was ihre Nachbarin und deren Ältester für welche waren. Der Polizist hatte sie geduldig angehört und eingeräumt, dass der Älteste der Polizei bekannt sei, was Inge

nicht wunderte. „Na ja, allein mit drei Kindern!", hatte der
Polizist gesagt. Wieso man sich zwei weitere Söhne anschaffen
musste, wenn man anscheinend nicht einmal mit dem Ersten
zurecht kam, hatte sie sich gefragt. Aber als der Polizist wissen
wollte, ob sie der Trulle eine Ohrfeige gegeben hatte, hatte sie es
zugegeben. „Wenn man was ausgefressen hat, steht man dafür
grade!", hatte ihre Mutter stets gesagt.
Dann war ein Schreiben vom Staatsanwalt gekommen, dass das
Verfahren eingestellt würde, wenn sie fünfzehn Sozialstunden
leisten würde. Eine Vermittlungsstelle hatte sie an das hiesige
Tierheim verwiesen. Deshalb stand sie jetzt hier. Eine Frau hatte
sie mit einer künstlichen Munterkeit, die Inge stets ein Graus
war, begrüßt und war dann davon geeilt, um „einen ganz
besonderen Hund zu holen." Während Inge gewartet hatte, war
ihr durch den Kopf gegangen, welchen Eindruck sie wohl auf die
Tierheimfrau gemacht hatte. Eine kleine mausgraue kompakte
Frau Mitte fünfzig mit strengem Kurzhaarschnitt, abweisendem
Gesichtsausdruck und unmodischer, aber praktischer Kleidung.
Der konnte man alles andrehen, war ja klar. Dann war die Frau
mit dem Hund gekommen.
Inge starrte auf den Hund und dann mit zusammen gekniffenen
Lippen auf die Frau, die eben einen auswendig gelernten, vor
Optimismus triefenden Kurzvortrag hielt, in dem es um „die
Herzensangelegenheit" ging, Tieren in Not zu helfen. Ihr Blick
schien die Frau etwas zu verunsichern, denn der von ihr
gehaltene Monolog stockte und wurde nun auf das Nötige
beschränkt. „Das ist Ihr Hund. Er heißt Amadeus und lebt seit
circa 6 Jahren hier. Normaler Weise sollen die Hunde immer von
derselben Person ausgeführt werden. Möglichst drei bis viermal
in der Woche. Wie oft werden sie kommen?" „Ich weiß nicht",
sagte Inge, „vielleicht dreimal?". „Gut sagen wir Montag,
Mittwoch und Freitag?", fragte die Frau und Inge nickte. „Das
wären dann fünf Wochen, da werden Sie noch richtig gute
Freunde!" flötete die Frau nun. „Soweit kommt's noch!", dachte

Inge. Die versuchte ihr wohl den Hund anzudrehen. Aber daraus wurde nichts. Das konnte die sich abschminken. Ohne auf das Gerede der Frau einzugehen, sagte sie: „Wenn ich Frühschicht habe, komme ich aber nachmittags". „Das ist in Ordnung!", sagte die Frau und reichte Inge die Leine. „Dann kann es wohl losgehen, aber nicht frei laufen lassen." Amadeus, dachte Inge. Welcher Idiot hatte denn diesen Namen ausgesucht? Sie beschloss, ihn bloß Hund zu nennen. Hund wird von Frau ausgeführt, fünf Wochen lang. Das war es dann. Keine Beziehung, keine Tränen. Der Hund schaute eh völlig desinteressiert auf einen Punkt irgendwo am Boden. „Ach ja, fast hätte ich es vergessen, hier sind auch noch ein paar Tüten für die Häufchen!", sagte die Frau nun und reichte Inge mehrere Plastiktüten. „Häufchen?", fragte Inge. „Ja natürlich! Die Kacke müssen Sie schon wegräumen hier im Stadtgebiet! Sonst gibt es ein Bußgeld, wenn Sie erwischt werden!" erläuterte die Frau nun in, wie Inge fand, leicht schadenfrohem Tonfall. Seufzend nahm Inge die Tüten. „Also dann, in einer Stunde!" sagte die Frau und hielt ihr die Tür auf. „Komm, Hund!", sagte Inge zu ihm und zog an der Leine. „Amadeus heißt er!", rief die Frau ihr noch nach, aber da waren sie schon draußen.
Inge beschloss, den Weg heraus aus der Stadt zu den Feldern zu nehmen. Vielleicht kackte der Hund ja dort, was ihr das Aufsammeln ersparen würde. Eine Weile liefen sie so einträchtig nebeneinander her. Ab und zu hob der Hund sein Bein, um irgend einen Baum oder eine Hausecke zu bepinkeln. Ansonsten zeigte er nicht viel Teilnahme. Er riss nicht an der Leine, bellte nicht, sondern lief einen Schritt neben ihr her. Als sie die Felder erreicht hatten, machte der Hund sein Häufchen, gerade so, als hätte er Inge einen Gefallen tun wollen. „In Ordnung", dachte Inge, „da wollen wir dir doch auch mal was Gutes tun!", und löste sein Halsband. Schließlich war weit und breit Platz und allein schon den Befehl der Madame aus dem Tierheim zu missachten löste in Inge ein gutes Gefühl aus. Aber der Hund

konnte mit seiner neu gewonnenen Freiheit nichts anfangen. Er schnüffelte einen Schritt links und einen Schritt rechts und blieb dann stehen. „Na was soll's!", dachte Inge und steuerte auf einen Stein zu, der zwischen zwei Feldern auf einem kleinen Weg lag. Dort setzte sie sich , genehmigte sich eine Zigarette und genoss die milde Frühherbstluft. Der Hund, der ihr gefolgt war, setzte sich und sah unbestimmt in die Landschaft. Inge seufzte. Irgendwie hatte der gar keine Lebensfreude, fand sie, wie einer, der zu lange in Gefangenschaft saß. Der Hund tat ihr ein bisschen leid. Schließlich konnte der nichts für seine Hässlichkeit. Vielleicht sollte sie nächstes Mal einen Ball mitbringen? Hund mochten doch Bälle, oder? Inge beschloss es zu versuchen. Als es Zeit war, den Rückweg anzutreten, rief Inge den Hund, was eigentlich gar nicht nötig war, da er immer noch neben ihrem Stein saß. Sie leinte ihn an und begann den Rückweg, wobei ihr der Hund wieder in Schrittlänge hinterherlief, nur dass er diesmal fast nicht mehr pinkelte. Als Inge das Tierheim erreichte und den Hund der Frau übergab, trottete er ohne Inge anzusehen in Richtung seiner Zelle. „Na, das hat ja ganz gut geklappt!", dachte Inge. Trotzdem hatte sie ein ungutes Gefühl, was sie nicht zu deuten wusste. An dem Hund konnte es nicht liegen, der war ja brav gewesen.

An einem Freitag Nachmittag vier Wochen später regnete es wie aus Eimern, als Inge am Tierheim ankam. In den vorangegangenen Wochen hatte sich ein gewisser Rhythmus herausgebildet. Drei- mal die Woche holte sie den Hund und ging mit ihm aus der Stadt, wo er in der Regel sein Geschäft erledigte und ein bisschen schnüffelte. Eigentlich war soweit alles prima. Nur dass der Hund sie kaum ansah und quasi keine Reaktion zeigte, irritierte Inge immer stärker. Sie hatte versucht, dem Hund durch das Werfen eines Balles oder durch eine eigens gekaufte Kaustange eine Freude zu machen, ohne Erfolg. Der Ball war einfach auf dem Feld liegengeblieben, da, wo sie ihn

hingeworfen hatte. Auf der Kaustange hatte der Hund ein paar
mal halbherzig herumgebissen, ehe er sie fallen ließ. Im Grunde
keine Reaktion. Nicht dass Inge eine Beziehung mit dem Hund
gewollt hätte, nein, das nun wirklich nicht, aber auf einen
Spaziergang konnte man sich doch freuen, oder? Sie selbst
jedenfalls tat das. Man kam an die frische Luft und tat
gleichzeitig etwas Nützliches. Beim letzten Mal hatte Inge eine
der Tierheimfrauen nach dem Hund gefragt. „Tja", hatte die
gesagt „ich glaube, Amadeus ist depressiv." „Depressiv?", hatte
Inge gefragt „Aber er ist doch kein Mensch!". „Na ja fast alle
Hunde, die nach ihm aufgenommen worden sind, sind wieder
vermittelt. Das bekommt er doch mit. Am Anfang hat er sich
noch gefreut, wenn ihn jemand ausgeführt hat. Aber ich glaube,
dann hat er mitbekommen, dass es nur ums Gassigehen geht,
wenn er abgeholt wird, und nicht um ein neues Zuhause. Da hat
er sich mehr und mehr zurückgezogen.", meinte die Frau und
seufzte. „Was soll man machen, wir können eben nicht alle
Hunde vermitteln!", hatte sie im resigniertem Tonfall
hinzugefügt und war weiter gegangen. In dem nun folgenden
Spaziergang hatte sich Inge ertappt, wie sie den Hund immer
wieder prüfend ansah. Warum den wohl keiner genommen hatte,
hatte sie sich gefragt. Klar, er war kein gut aussehender Hund,
aber dafür wirklich lieb und gut erzogen. Irgendwie hatte Inge
den Wunsch verspürt, es nur einmal, wenigstens einmal zu
schaffen, dass der Hund sich freute. Dass ihm irgendwas gefiel
oder dass er etwas fraß oder mal bellte oder mit dem Schwanz
wedelte. Das musste doch möglich sein.

„Wollen Sie wirklich bei dem Wetter?", fragte jetzt die
Mitarbeiterin, die gerade Dienst hatte. „Es regnet ganz schön
dolle!" Inge nickte. „Na gut, wenn Sie meinen.", sagte sie und
ging den Hund holen.
Fünfzehn Minuten später war Inge trotz ihrer Regenjacke, der
Gummistiefel und ihrer Segeltuchmütze halbwegs

durchgeweicht,weshalb sie spontan beschloss, die restliche Zeit in ihrer Wohnung zu verbringen. Wenn sie den Hund jetzt zurückbrachte, konnte sie sich beim besten Willen keine Stunde anrechnen lassen. Außerdem verknüpfte sie mit dem Besuch ihrer Wohnung die vage Hoffnung, dem Hund irgendeine Reaktion zu entlocken. „Komm, wir gehen zu mir!", sagte sie zu dem Hund, der sofort den Kopf hob. Inge erschrak. War das eine Reaktion? Als ob er verstanden hat, was ich sage, dachte sie. Erneut schaute sie auf den Hund. Aber der hatte den Kopf schon wieder gesenkt. Vielleicht hatte sie sich die Reaktion auch nur eingebildet. Inge schüttelte den Kopf. Sie wurde langsam neurotisch. Die Tür ihres Wohnblocks stand sperrangelweit offen, als Inge und der Hund ankamen. Offensichtlich war die Trulle mal wieder mit Sack und Pack die Treppe herauf gepoltert und zu faul gewesen, noch einmal hinunter zu laufen und die Tür zu schließen, so wie es sich für normale Menschen gehörte. Inge schüttelte den Kopf. Dann betrat sie mit dem Hund im Schlepptau den Hausflur und schloss die Tür. Nachdem der Hund ihr problemlos die Stufen in den zweiten Stock hinauf gefolgt war, schloss Inge ihre Wohnungstür auf und sah auf den Hund. „Na, dann mal rein in die gute Stube!", befahl sie mit munterer Stimme, doch der Hund blieb sitzen und sah sie fragend an. Entschlossen ging Inge in die Wohnung und zog an der Leine. Der Hund betrat vorsichtig den Flur und blieb stehen. Dann schüttelte er sich zu Inges nicht geringer Überraschung, wobei das Regenwasser aus seinem kurzen Fell in alle Richtungen spritzte. Inge war starr vor Erstaunen. „Oh Gott, dieser Dreck!", dachte sie, als ihr einfiel, dass es sich ja hauptsächlich um Regenwasser handelte, was man am besten gleich aufwischte. Aber immerhin hatte der Hund mal was gemacht! Sollte das bedeuten, dass sich der Hund bei ihr wohl fühlte? Während Inge in das Bad lief, um einen Wischlappen zu holen und das Wasser aufzuwischen, fiel ihr auf, dass es das erste Mal seit Jahren war, dass jemand anderes als sie selbst Dreck in ihrer Wohnung hinterlassen hatte. Damals hatte Bernd die Kaffeekanne fallen lassen, erinnerte sie sich. Aber sie wollte nicht mehr an Bernd denken. Als Inge mit dem Lappen in den Flur zurückkkam, war der Hund nicht da. Das gibt es doch nicht, dachte sie erstaunt und ging in ihr Wohnzimmer hinüber, wo der Hund auf ihrem Sofa lag, so, als hätte er dort schon immer gelegen und verstehe sich das von selbst. Sprachlos ließ sich Inge auf einen Sessel sinken. Fast gleichzeitig fühlte sie Freude und Erschrecken. Freude darüber, dass es ihr anscheinend irgendwie gelungen war, den Hund aus der Reserve zu locken. Schließlich war das das erste Mal, dass er eine Reaktion auf all ihre Bemühungen zeigte. Auf der anderen Seite wollte sie doch keine Beziehung mit dem Hund. Der hatte sich benommen, als wäre er hier zu Hause. Und nun? War nicht aus der Tatsache, dass sie ihn mitgenommen hatte, die Verpflichtung entstanden, ihm diese Freude nicht mehr wegzunehmen? Wie er da lag, das sah irgendwie niedlich aus und gemütlich. Inge stand auf, um sich einen Kaffee zu kochen, um damit ihrer Verwirrung Herr zu werden. Während sie die Maschine vorbereitete, schaute sie aus dem Fenster, wo der Regen nicht nachzulassen schien. Vielleicht sollte sie den Hund wenigstens bis morgen hierlassen? Bei diesem Wetter jagt man doch keinen Hund vor die Tür, dachte sie und lächelte ein wenig über ihren eigenen Witz . Als sie mit dem Kaffee aus der Küche zurückkam, lag der Hund unverändert auf dem Sofa und Inge gab sich einen Ruck. Sie rief beim Tierheim an und fragte, ob sie den Hund erst morgen zurückbringen könne. „Tja, wissen Sie", sagte die Mitarbeiterin, „eigentlich gern, aber können Sie ihn nicht gleich bis Montag behalten? Am Wochenende kommt immer nur mal unregelmäßig jemand, um nach den Tieren zu sehen und sie zu füttern. Da weiß ich gar nicht, ob jemand da ist, wenn Sie kommen. Ab Montag morgen ist wieder ganz normal Schichtbetrieb. Wir würden Ihnen auch zwei weitere Sozialstunden anrechnen. Allerdings müssen Sie den Hund dann auch versorgen." Inge überlegte. Eigentlich blieb ihr ja keine

Wahl, wenn sie nicht quasi sofort wieder in den Regen
hinauswollte. Außerdem hatte sie das Gefühl, dem Hund irgend
etwas zu schulden. Und schließlich war ein Wochenende noch
keine Hundeadoption. „Einverstanden, ich besorge die Sachen",
sagte sie deshalb. Aber als sie aufgelegt hatte, wurde ihr klar,
dass das, was sie eben getan hatte, einer Adoption gefährlich
nahe kam. „Was soll's!", dachte Inge, setzte sich zu dem Hund
auf das Sofa, stellte ihren Kaffee ab und legte die Füße auf den
vor ihr stehenden Tisch. Dann legte sie langsam ihre Hand auf
den Kopf den Hundes. Das Fell war viel weicher, als sie
vermutet hatte. „Dieses Wochenende bleibst du hier!", sagte sie
und strich ihm langsam über den Kopf. Der Hund hob den Kopf
und wackelte mit den Ohren. „Wir machen es uns gemütlich",
sagte sie. Der Hund gab ein Geräusch von sich, dass Inge als
Zustimmung auslegte. „Magst du mit mir Fernsehen gucken?",
fragte sie. Der Hund schien nichts dagegen zu haben.
Als Inge sich an diesem Abend ins Bett legte, schaute sie noch
einmal zu dem Hund herüber. Der lag ihr genau gegenüber auf
einer Wolldecke und hatte die Augen fest geschlossen. Sie hatte
noch einen Einkauf gemacht, bei dem sie allerlei Hundefutter
besorgt hatte und ein Kauspielzeug, von dem der Verkäufer
behauptet hatte, dass dieses für Hunde der letzte Schrei sei. Dann
hatten sie zusammen noch einen Abend- und einen
Nachtspaziergang unternommen, damit der Hund sein Geschäft
erledigen konnte. Und jetzt lag er dort. Komisch, dass sie sich so
gut fühlte, obwohl sie doch jede Menge mehr Arbeit gehabt
hatte. Jetzt seufzte der Hund tief. „Wie ein Mensch!", dachte
Inge und beschloss ihn Deus zu nennen, Amadeus war doch zu
albern.

An einem Freitag drei Wochen später stand Inge vor dem
Tierheim, um den Hund wie üblich über das Wochenende zu sich
zu holen. Nach dem ersten Wochenende bei ihr zu Hause war es
gekommen, wie es kommen musste. Als sie Deus am Montag

früh zurückgebracht hatte, hatte Inge ein derart schlechtes Gewissen gehabt, dass sie sofort verkündet hatte, sie würde ihn am nächsten Wochenende wieder mitnehmen. „Das ist aber schön für Amadeus", hatte die Mitarbeiterin gesagt.", und Inge hatte das Gefühl gehabt, dass die sich wirklich gefreut hatte. Sie selbst freute sich ja auch irgendwie. Danach hatte sie hin- und her überlegt, ob sie den Hund nicht doch ganz zu sich nehmen sollte. Aber es ging nicht. Wenn Inge Frühschicht oder Spätschicht im Schraubenwerk hatte, war sie ganze neun Stunden außer Haus. Neun Stunden, in denen der Hund allein war und nicht pinkeln gehen konnte. Das war zu lange. Ja, hätte sie ein Haus mit Garten gehabt, hätte sie ihm einen Zwinger einrichten können. Aber in einer Stadtwohnung? Und Freunde, die Inge bitten konnte, sich mit um den Hund zu kümmern, waren auch keine da. Da blieben nur die Wochenenden. Und einmal unter der Woche Gassi gehen. Normalerweise ließen die im Tierheim sich nicht auf solche Teiladoptionen ein, aber da die Leute dort inzwischen die Hoffnung aufgegeben hatten, der Hund würde vermittelt werden, hatten sie eingewilligt. Trotzdem hatte Inge immer noch ein schlechtes Gewissen, wenn sie Deus Montag morgens oder, wenn sie Frühschicht hatte, Sonntag abends im Tierheim abgab.

Aber immerhin kam er ihr inzwischen mit erhobenen Kopf entgegen und wedelte sogar mit dem Schwanz. So auch heute. Inge lächelte. „Naaa", sagte sie „Schön brav gewesen?" und strich ihm über den Kopf. Dann leinte sie ihn an und begann den obligatorischen Spaziergang.

Als Inge mit dem Hund die Treppe zu ihrer Wohnung heraufkam, stand die Trulle mit dem Mittleren vor der Tür. „Mein Gott, ist der hässlich", schleuderte sie ihr, wie nicht anders zu erwarten, in abfälligem Tonfall entgegen. Inge hatte den Eindruck, dass sie seit dem letzten Vorfall versuchte, sie zu irgend etwas Unüberlegtem zu provozieren. Aber da hatte die sich geschnitten. Deshalb zeigte Inge keine Reaktion und begann in ihrer Tasche nach dem Schlüssel zu kramen. „Das stimmt doch gar nicht, der ist süüüß!", ließ sich da der Mittlere vernehmen, hockte sich zu dem Hund und begann ihn zu streicheln. „So einen Hund möchte ich auch haben! Guck doch mal, Mama, wie lieb der ist! Er lässt sich total gern streicheln! Und klug ist er auch! Er macht ganz brav Sitz ohne Befehl!" schwadronierte der Mittlere vor sich hin, ohne dass jemand etwas dazu sagte. „Wie heißt er denn?", fragte er jetzt. „Deus", antwortete Inge spontan. Eigentlich hatte sie ja totales Stillschweigen bewahren wollen, aber die Anteilnahme von dem Knirps hatte sie irgendwie gerührt. „Deus, Deus", rief der jetzt und fuhr fort den Hund zu streicheln, während er ohne Punkt und Komma weiter erzählte. „Ist das dein Hund? Kann ich den mal ausführen? Der ist so lieb." „Komm jetzt endlich!" Der gebrummelte Befehl der Trulle enthob Inge einer Antwort. Der Knirps schien auch keine erwartet zu haben und lief sofort mit seiner Mutter die Treppe herunter. „Puh!", machte Inge, als sie mit Deus ihre Wohnung betrat. Das war gerade noch mal gut gegangen. Aber als sie mit Deus auf dem Sofa vor dem Fernseher saß, dachte sie, dass es doch schön wäre, wenn man einen Nachbarn hätte, der sich ein, zwei Stunden um den Hund kümmern könnte, während sie arbeiten ging. Dann brauchte Deus nicht mehr ins Tierheim. Und sie wäre nie wieder abends allein. Aber mit den Nachbarn? Inge seufzte. Eher würde Deus anfangen zu sprechen.

Weitere drei Wochen später stand Inge am Freitag Nachmittag mit Deus auf dem Treppenabsatz, als sich die Tür der Nachbarwohnung öffnete und die Trulle mit ihrem Jüngsten und dem Mittleren heraustrat. Inge hatte gerade den Schlüssel in die Hand genommen, um die Wohnungstür aufzuschließen, als Deus, der die ganze Zeit neben ihr gesessen hatte, aufstand und auf den Jüngsten zusteuerte. Verdutzt schaute Inge ihm hinterher. Deus ließ sich vor den Füßen des Jüngsten nieder, der wie immer seine Hand betrachtete, und legte den Kopf auf seine Schuhe. Während

Inge ihn noch erstaunt ansah, hörte der Jüngste plötzlich auf
seine Hand zu betrachten. Jedenfalls drehte er sie nicht mehr hin
und her. „Hund", sagte er statt dessen und dann noch einmal
„Hund". Die Wirkung dieser zwei Worte war so erstaunlich, dass
Inge noch Wochen später immer wieder daran denken musste.
Die Trulle, die die ganze Zeit vor sich hingebrummelt hatte,
hörte damit auf, riss die Augen auf und starrte ihren Jüngsten an.
„Jamie!", sagte sie und ging vor ihrem Jüngsten in die Knie.
„Jamie!" Der Jüngste, der offensichtlich Jamie hieß, sah nun statt
auf seine Hand auf den Hund, sagte aber nichts mehr.
Gleichzeitig vollführte der Mittlere mehrere kleine
Freudensprünge und rief: „Er hat gesprochen! Er hat gesprochen!
Ist das nicht toll, Mama? Ich sag doch, wir brauchen einen Hund!
Jamie braucht einen Hund!" „Jamie ist autistisch!", schickte sich
nun der Mittlere an Inge aufzuklären. Inge starrte auf den
Jüngsten und ihren Hund, der noch immer auf dessen Füßen lag.
„Hunde spüren wohl, wer Hilfe braucht!", dachte sie und war ein
ganz klein wenig stolz auf Deus. Der war eben ein besonderer
Hund. Der Gesichtsausdruck, mit dem die Trulle ihren Sohn
betrachtete, rührte sie darüber hinaus wider Willen. Na ja, war
bestimmt auch nicht leicht mit einem behinderten Kind.
Vielleicht ergab sich hier ja doch eine Möglichkeit, dass sie Deus
behalten könnte. Wenn jemand von drüben ihn tagsüber
ausführen würde, könnte er als Gegenleistung dem Jüngsten
Gesellschaft leisten. Aber mit der da reden? Sie bitten? Obwohl,
die hatte doch auch was davon. Während Inge noch darüber
nachgrübelte, stand die Trulle auf und begann zu Inge Erstaunen
unter dem Ruf „Ihr sollt doch eure Sachen nicht im Treppenflur
stehen lassen!" mehrere Paar Schuhe und ein altes Skateboard in
die Wohnung zu räumen. Inge blieb vor Staunen der Mund offen
stehen. Das war ja fast ein Friedensangebot. Und dann dachte
Inge daran, wie schwer ihr der Abschied von Deus jedes mal fiel.
Das Bild, wie der Hund mit hängendem Kopf hinter der Tante
vom Tierheim hertrottete, wenn sie ihn zurückbrachte, schnitt

jede Woche ins Herz. Und weil es um Deus ging, gab sie sich einen Ruck. „Wenn Sie in der Woche mit meinem Hund Tags über einmal Gassi gehen könnten, könnte ich ihn ganz adoptieren und er könnte Jamie eine Stunde oder so Gesellschaft leisten.", sagte sie in Richtung der Mutter, ohne diese direkt anzusehen. „Können wir Deus nehmen, bitte Mama! Ich geh auch Gassi mit ihm! Jeden Tag!", fing der Mittlere nun an zu betteln, was der Nachbarin die Möglichkeit einräumte, ihrerseits etwas zu Inges Vorschlag zu sagen. „Tja, wenn dein Bruder auch dafür ist ", sagte sie. „Du weißt doch, wie er in letzter Zeit drauf ist. Und das letzte, was ich zur Zeit gebrauchen kann, ist pausenlos Stress wegen dem Hund!" „Och bitte, Mama, bitte!", rief der Mittlere wieder und sprang dabei von einem Bein auf das andere. „Okay Jim, ich rede mit ihm!" versprach die Mutter nun, woraufhin Inge Jim ebenfalls ansah und vorschlug, ein andermal darüber weiter zu sprechen. „Machen wir, machen wir!", rief der nun fröhlich und seine Mutter nickte. "Können Sie vielleicht den Hund in die Wohnung nehmen?", sprach die Mutter Inge nun direkt an. „Sonst könnte es sein, dass sich Jamie nicht von der Stelle bewegt." „Klar!", sagte Inge und ging in die Hocke. „Komm Deus!" befahl sie. Der Hund blieb noch kurz auf den Füßen des Jungen liegen, erhob sich dann jedoch langsam und kam zu Inge herüber. Während sie in ihre Wohnung gingen, blickte sie der Mittlere fragend an. „Also dann bis bald!", sagte Inge und nickte der Mutter kurz zu.

Als Inge am selben Abend mit Deus auf dem Sofa saß und fern sah, hörte sie aus der Nachbarwohnung ein Poltern und dann das bekannte Geschrei. „Offensichtlich ist der Große nicht so sehr begeistert von dem Hund!", dachte Inge und seufzte. Eigentlich ist die Idee nicht schlecht, dachte sie. Und wenn es einer verdient hatte, aus dem Tierheim raus zukommen, dann Deus. Liebkosend strich sie dem Hund über den Kopf. Aber danach sah es leider nicht aus.

Als Inge am Sonnabend Nachmittag mit Deus von der fälligen Gassirunde zurückkam, sah sie den Großen mit seinen Kumpanen vor dem Haus herumlungern. Drei Halbwüchsige, an die Hauswand gelehnt. mit Zigaretten in den Händen. Nur die übliche Bierflasche fehlte. Na ja, dafür war es wohl zu früh. Gleich fangen sie an dich anzupöbeln, dachte sie und da ging es auch schon los. „Das soll ein Hund sein? Iiiiiihhhh, eine fette Missgeburt!", intonierte der eine, während der zweite ein „Fett und hässlich wie die Alte!", hören ließ. Inge ignorierte die Kommentare und bereitete sich darauf vor, Abstand von den Dreien zu halten, wenn sie vorbeiging. Sonst kommt noch einer auf die Idee, mir ein Bein zu stellen, dachte sie. „Der Hund ist in Ordnung!", ließ sich da plötzlich der Älteste vernehmen und spuckte aus. Inge war so verblüfft, dass ihr Schritt kurz stockte und sie dem Sprecher direkt in das Gesicht sah, obwohl sie das sonst nie tat, um keine Reaktionen seinerseits zu provozieren. „Echt jetze?", ließ sich einer von seinen Kumpanen vernehmen. „Der kommt jetzt öfter zu uns, ist gut für Jamie!", erläuterte der Älteste und spuckte erneut aus. Von den Kumpanen kam zustimmendes Gemurmel, woraus Inge schloss, dass sie über Jamies Krankheit Bescheid wussten. Als Inge vorüberging, stieß sich der eine von der Hauswand ab, riss die Haustür auf und rief ,"Na dann mal rein in die gute Stube!", worüber Inge ganz gegen ihren Willen grinsen musste.

Als sie die Treppe heraufkam, kam ihr Jim aus der Nachbarwohnung entgegen. „Wir nehmen Deus, wir nehmen Deus!" rief er aufgeregt und seine Augen leuchteten. „Hab schon gehört.", entgegnete Inge und lächelte. „Sag deiner Mutter, dass ich morgen mal vorbeikomme, ja?", sagte sie und der Knirps nickte. „Ich freue mich ja so!", rief er anscheinend außer sich und begann den Hund zu streicheln. „Also dann", verabschiedete sich Inge und betrat mit Deus ihre Wohnung. Dort hockte sie sich zu ihm nieder. „Montag adoptiere ich dich!", flüsterte sie und sah ihm in die Augen. „Nie wieder musst du da hin! Und wenn das

mit den Nachbarn nicht klappt, finden wir eine andere Lösung!"
Und während sie den Hund kraulte, begann sie zu weinen.

Zeitfracht Medien GmbH
Ferdinand-Jühlke-Straße 7
99095 Erfurt, Deutschland
produktsicherheit@kolibri360.de